うた合わせ

北村薫の百人一首

北村薫

新潮社

うた合わせ　北村薫の百人一首　目次

装画　謡口早苗
装幀　新潮社装幀室

うた合わせ　北村薫の百人一首

不運つづく隣家がこよひ窓あけて眞緋《まひ》なまなまと耀《て》る雛の段
塚本邦雄

隣の柿はよく客食ふと耳にしてぞろぞろと見にゆくなりみんな
石川美南

一　隣の赤

『きのこ文学名作選』飯沢耕太郎編（港の人）は、天下の奇書といっていいだろう。祖父江《そぶえ》慎《しん》・吉岡秀典氏の、我がままのし放題といったブックデザインには、《あっ》と叫ぶしかない。カバーに、あまり気持ちのよくない穴が、幾つも開いているのはまだいい。作品によって活字の組み方が違う。文字がページの下を這って行き、上に登り、戻ったりする。さらに、紙質までも変わる。極端に薄い紙まで使われている。

製本する人は、さぞ大変だったろう。無論、初版のみ。二版目を作ることなど不可能——という本だ。タイトル通り、集められたのは、きのこに関する作品。

その並びを見ていると、石川美南《いしかわみな》の『砂の降る教室』（風媒社）を思い出す。

■茸《きのこ》たちの月見の宴に招かれぬほのかに毒を持つものとして
■鬼茸《おにたけ》のやうな子供が通学路逆走しをり忘れものして

などが、不思議な光を見せている。『砂の降る教室』は普通の《本》であり、帯や栞に《第一歌集》と書かれている。だが、縁あって『夜灯集』（山羊の木）という《小箱》を掌にのせたこともある。いつか、どこか遠く暗い街の土産物屋で買ったような箱だ。何年か前のことだった。これを開け、『きのこ文学名作選』を見た時のように驚いた。

石川の作った短歌の、そして橋目《はしめ》侑季《ゆき》の写真のカードが入っている。名刺よりは大きく、葉書よりは小さい。これは、この二人が「わたしたちです」と伝える、名刺であり、葉書なのだろう。

どこかしら遠くに来たと思わせる写真の後に、まず、

■人間のふり難儀なり帰りきて睫毛《まつげ》一本一本はづす

というカードがあった。

睫毛は数本ではなかろう。さて、どこまで、どれぐらいはずせば、自分に戻るのか。そしてまた、はずしたものは明日のため、睫毛箱にしまっておくのだろうか。

この歌集はカードであり、綴じられていない。となれば部屋に撒いて、前後をめちゃくちゃにしてしまう——ことも出来るわけだ。そういう可能性も含めて作られているのだろう。その証拠に、カードに番号は記されていない。順序に拘束されず、自由なのだ。しかし、一度壊したら、元の形には戻せない。

『夜灯集』に、順を戻すボタンはついていない。

——取り返しがつかない。

というのは、おそろしいことだ。小心者のわたしは、ルービックキューブをぐるぐる回すような秩序の破壊が出来なかった。ルービックキューブであれば、元に戻せなくとも、頭の中に、前の形を思い描ける。だが、この名刺箱では難しい。

この《出来ないでいる》という思いを抱かせるところも、作品のうちなのだろう。となれば、石川美南はおそろしい。

その人の『砂の降る教室』中で、印象に残ったのが最初にあげた一首。

広く知られた《柿》の早口言葉を、「隣の柿はよく客食う柿だ」といい換えるのは、わたしもやった。子供にそうさせるフレーズだろう。言葉の遊びがここでは、すらりと現実になってしまう。少なくとも、——現実ではなくともゲンジツであり、本当ではなくともほんとうである。

それを聞いた者達が見物に行く。

——柿の色とは、そこまで赤いものだったか。

と思ってしまう。

さて、《隣の赤》となれば、忘れ難いのが塚本邦雄《つかもとくにお》の《眞緋《まひ》》の歌。他の本でも触れたが、早稲田の学生だった頃、教室の長机に書かれているのを見た。青の万年筆で、刻むように記されていた。塚本の歌との、初めての出会いが、これだった。

《眞緋《まひ》なまなまと耀《て》る雛の段》からあふれ出る《不運》のまがまがしさ。その印象は、何十年経っても消えない。授業が終わるまでは、たまたま座った席の、その机から離れられず、見ていたわけだ。

《隣》とは最も近い他者だ。塚本の場合は、窓を開けることにより、あちらから《不運のお裾分け》をしてくれた。強いられた。

だが、石川の歌ではこちらから出掛ける。

《みんな》なのだから、その家を囲む、多くの《隣》から行くのだろう。責任は《みんな》で分け、一人にかからない。

《わたし》はそれを――というより、むしろ、物見遊山のぞろぞろ組を見ている。そこに別種のこわさもある。塚本の緋毛氈《ひもうせん》の《なまなま》には、はっきりと血が感じられる。しかし、柿に食われる人はどうか。逆に、熟柿の汁を流すのかも知れない。となれば、人食いの《柿》よりも、実は《ぞろぞろ》の方がおそろしいのかも知れない。

《耳にして》《見にゆくなりみんな》そして思えば作者の名、美南にまで響く、周到な《み・み・み・み》の調べに乗せ、人の世の境界を軽やかに越える手際が心地よい。

石川の歌を、もうひとつあげておく。

■満員の山手線に揺られつつ次の偽名を考へてをり

白玉の歯にしみとほる秋の夜の酒はしづかに飲むべかりけり

若山牧水

本棚をずらせばそこに秋風のベーカー街へ続く抜け道

秋谷まゆみ

二　季節の色

前回、きのこの話について書いたが、斎藤史《さいとうふみ》の『遠景近景』（大和書房）に、こんな話が載っている。

大正十五年。当時、北海道旭川にいた斎藤一家を、若山牧水《わかやまぼくすい》が訪れた。史の父、陸軍第七師団参謀長斎藤瀏《りゅう》が、軍人であるだけでなく歌人だったからだ。

牧水の旅は、色紙短冊などを書き、借金を返すためのものだ。やはり歌人である喜志子《きしこ》夫人も、一緒だった。

牧水は、酒の席で興がのると朗詠をした。《しずかな美しい調子で、自分でも楽しんでうたった》。聞かせようというものではなく、そこに《おのずからな歌の美しさ》があった。

席が賑やかになった時、ふと、「聞いてごらん」といったりした。「斎藤さんの声ね、うつくしい—低くて美しい声だ—」。人々が静かになって瀏の方を見る。瀏が、《しんとなっ》た中で《きょとんと》する。

史はそういう時、《騒がしい酒席にまぎれない牧水の神経を見たような気がした》。

斎藤一家と牧水夫婦で、散歩に出た。牧水は、手に山葡萄や団栗をのせて歩く。そして、若き日の友、啄木の歌を「ふるさとの山に向いて――」と、唱った。

そして、足元の――きのこを取り、夫人の掌にのせ、

「何というきのこ？」

夫人が答える。

「ぼりぼり、といいます」

史はこの時、十七歳。《素朴な名前に私たちは声を合わせて笑った》。

そんな牧水が、史にいった。

「史子さん、歌をずっとやるつもりは無いんですか、―それはいかん。あなたが歌をやらないというのは、いかんな」

歓迎歌会に一首を出しただけの史だった。しかし、《このような人柄の牧水に、まじめにいわれると、言葉は《ふしぎに重》く響いた。《今になって思うのである。あの言葉がなかったら、短歌を書いて来たかどうか―》と史は書いている。人の道は、思いがけないことで決まるものだ。

さて、そこで、牧水のきのこの歌……にはならない。わたしにとって印象深いのは、あまりにも有名な《白玉の――》だ。最初の形は《べかりけれ》、最終形が《べかりけり》らしい。

わたしはこれを、小さい頃、親から聞いた。しかしながら枕詞などという概念はない。《白玉》を、素直に団子と思った。冷えた白玉団子が歯に染み、そこで酒を飲む。――妙な話だ。

それでも、調べというのは偉いもので、子供心にも確かな秋の気が感じられた。

ところで、秋谷《あきや》まゆみの歌は、わたしが本格ミステリ大賞受賞記念トークの司会をした時、冒頭に引かせていただいたものである。歌集『薔薇殺法』（書肆季節社）の巻頭歌——本の題がこれで、開けばこの歌がある。容赦なく人を捕らえる。

この歌の《風》の季節も動かない。本棚をずらして越えたのは、イギリスへ——という空間的距離ではない。時間的距離である。ホームズ譚を読んでいた《あの頃の風》がそこに吹いている。風の色は、秋のものでしかあり得ない。

『薔薇殺法』中、本に繋がる歌は、他に、

■案に相違するくらやみにひろげおきマンディアルグは月に読ませむ

《くらやみにひろげおきマンディアルグは月に読ませむ》だけなら、巧くはあってもいってみれば、非日常的な本に対する知的処理だろう。しかし、その上に《案に相違する》と付けるのが凡手ではない。たくらみが立ち上がり、マンディアルグも読者もしてやられる。

さて、《ベーカー街》に話を戻そう。ミステリを引いた歌には、どんなものがあるか。

小川太郎の『路地裏の怪人』（月光の会）に、

■子なきメグレ警視を心の父として事件記者たりしわが二十代

■ホテルの窓打つ雨にネオンの朱が滲む旅先でウィリアム・アイリッシュの忌と知る

■怪人二十面相も老い路地裏に棲みて皺持つ貌晒すのみ

などがある。

なるほど、ちょっと考えてもこのあたりやハードボイルド系は、五七五七七になり得るだろう。しかしながら、本格系ミステリとなると歌に溶け込みにくいか……と思うと、藤原龍一郎《ふじわらりゅういちろう》に何と『黒死館殺人事件』を題材にしたものから、カーまである。『夢みる頃を過ぎても』『日々の泡・泡の日々』（邑書林）による。

■たとえば降矢木算哲と名のり謎めきて生きようかこの世紀の終り
■ギデオン・フェル博士の多弁なつかしくハヤカワ・ミステリその夢の澱《おり》

となれば、《我らがエラリー・クイーンは？》と思うのが人情。そこで梅津《うめつ》ふみ子の『わらふ山鳩』（本阿弥書店）中に、この一首を発見。本来は、追い詰められた心を詠ったものであり、読み方としては邪道だ。しかし、「やった！」と叫んでしまった。

■仕組まれし密室の罠にはまりたりクイーンもフェルも決して解けない……

十三年勤めしことのみ自負とせむみかへれば社屋上に繊き月あり
梅津ふみ子

生き方のたがふ一人を退職にかく追はしめてかさむ酒量か
篠　弘

三　皀莢とすずらん

梅津《うめつ》ふみ子の歌は、『風の猫』で読んだという人が多いのかも知れない。毎日新聞社から出た、猫についての歌集であり写真集である。《武田花《たけだはな》　深瀬昌久《ふかせまさひさ》　ほか》の撮影した作品が載っている。

わざわざ《ほか》――と書かれているが、《ほか》は一枚だけ。《土厭ふ／淋しき猫なり／ベランダゆ／空よりとほき／ものをみてゐる》に、荒木経惟《あらきのぶよし》の写真が配されている。《歌》の内容につき過ぎた《写真》では、互いの説明になってしまう。それを避けた本だが、荒木の一枚は例外。まさに歌通りの場面が捉えられている。別々に生まれた作の驚くばかりの一致に、特に頼んで載せられたものだろう。

■ねこだからおまへを愛した手放しで泣けたおまへが猫だつたから

■主をらずなりたる籐カゴとろとろと秋陽に溶けてをりたり窓辺

■いだけど
いだけど
移り香残さず
体臭を消して生ききし
獣の裔は

梅津の最初の歌集は『瑠璃猫』（七月堂）。

■君待ちて小蜘蛛を殺め猫を撫で手紙したため枇杷むく十指
■初恋と呼びたきをさなき思慕なりき　しののめ橋ゆく父の背若く
■謀叛わが幼き父への思慕断ちて髪切りし日のかろきかなしみ

これらは、どれも忘れ難い。だが実はわたしは、それらで梅津を知ったのではない。たまたま手に取った、『出版人の萬葉集』によって——である。

日本エディタースクールの創立三十周年記念事業のひとつとして編纂された本で、二千七百余首を収める。編集委員は、川島《かわしま》喜代詩《きよし》、来嶋《きじま》靖生《やすお》、佐佐木《ささき》幸綱《ゆきつな》、篠《しの》弘《ひろし》、高野《たかの》公彦《きみひこ》、馬場《ばば》あき子。この題を見て、《萬葉集》よりも《出版人の》に魅かれて、読む気になった。十年以上前のことである。編集者だけでなく、書店や図書館など、様々な場で本にかかわる人々の哀歓が伝わって来た。

そういう中に、梅津の歌もあった。

■明朝の献立おもへりゲラ上り来るを待つ間の闇みつめつつ
■校了と記して大きく伸びをするインク滲みし指を開きて
■指摘されし誤植一文字こだはるにあらねど夢にゆがみてをりき

　ページをめくって行き、冒頭に引いた一首と出会った。職場を去ったのだ。《十三年勤めしことのみ自負とせむ》の《のみ》に、胸をつかれる。また《社屋上》の《繊き月》にも、ただならぬものがある。平穏無事の退社ではない。

　続く歌はこうだった。

■われもまた秋の人なりお茶の水皂莢坂にさいかちの散る

《皂角坂《さいかちざか》》は、中央線に沿い、お茶の水から水道橋方面に下る坂。《皂莢《さいかち》》はマメ科の木で、花も終わった秋、葉を散らし、大きな褐色の莢《さや》を垂らす。
　働く——とは人と交わることだ。いいようのない思いをすることも多い。まだその出来事から遠くない時には、文字にすることだけが救いだったろう。

■中傷のひとつ甦り来散るさくらわが険相を隠さふべしや
■一本のネガ隠したる直属の上司をいまも許せずにをり

一方で篠弘は、昭和三十年、梅津の職場から遠いとはいえない小学館に入社。『百科全書派』（砂子屋書房）のあとがきによれば、《新人の手がけた国語辞典が成功し、少年時代から憧れていた百科事典の編集が、意外に早く実現しうるようになった》という。

百科事典の編集部というものは、準備段階で四十余名、実務段階では内部だけでも八十数名に達する。（中略）若い人よりもベテランが多く、それだけに人事が錯綜してくる。その編集部長として、どこに力点を置いて編集していくべきか、熾烈な進行をいかにすすめていくか、また、一人の脱落者を出さずにまとめていくか、その抗いの渦中に捲き込まれる。現実の人間関係は、虚構のそれ以上に揺れ動き、収拾がつかなくなり、こちらが日夜振り回される。たえず人に語りかけ、人の動きを見守りつづけることで、エネルギーは払底する。そこにまた、生きがいもあった。

とはいえ、立場によって《降職を決めたる経緯ありのままに声励まして刻みつつ言ふ》ことにもなる。梅津の歌の《上司》とは事情が違う。だが、降格や退職の苛酷さに上から向き合うことになる。《生き方の――》は『至福の旅びと』（砂子屋書房）の一首。

■ここよりは逃ぐる場のなき午どきをすずらん通りの裏歩みゐつ

すずらん通りは皀角坂から南に、わずか一キロばかりである。

エレベーター待つと並びしハイミスはわが入社時の慕情を知らず
小川太郎

雪はくらき空よりひたすらおりてきてつひに言へざりし唇に触る
藤井常世

四　ついにつげえず

編集者の出したい本と商売になる本は、多くの場合、重ならないだろう。売れねば食えない。営業からすれば、趣味で作られてはたまらない。売る者もまた、血のにじむ努力をしている。ところが小川太郎の次の歌では、単純明快に白黒がつく。

■「靴下も雑誌も同じ売れるが勝ち」と訓示せし常務背任で消ゆ

《常務》は時代劇の悪代官のようだ。何しろ背任をする奴だ。《訓示》する分厚い唇まで目に浮かぶ。その悪役が、五七五七七という、いわば放送時間の中で痛快に切り捨てられる。『出版人の萬葉集』にあるだけに、忘れ難い歌だ。

編集者生活のひとこまから、以下、『路地裏の怪人』の作と合わせ、《あこがれ》の人の歌を拾う。出会いは七歳の時、そして、別れが語られる。

■あこがれのひばりに五時間待たされて取材となりしが来しは母のみ
■初恋といえば『びっくり五人男』で父捜す少女演じしひばり
■午前五時、老母《はは》が階下《した》よりわれ呼びて告げたり美空ひばりの死

さて、冒頭にあげたのは、そんな職業人の会社での、時の流れを背負った一首。新人の頃は、二つ三つ上の先輩も大ベテランに見える。仕事の出来る、女性の先輩に、憧れとひとつになった特別な思いを抱く。だが自分と先輩との差は大きい。何事もないままに、時は経つ。《ハイミス》という古めかしい言葉がいい。無論、こういった感情自体は決して古くならず、いつの世にもあるものだろうが。

この歌の舞台は《エレベーター》の前だが、一方、桑原正紀《くわはらまさき》の第一歌集『火の陰翳』（現代短歌社）中には、こういう作がある。

■胸を衝《つ》くまでに顔よき乙女子がエスカレーターに迫《せ》り上がり来ぬ

《胸を衝くまでに》は、単に度合いを示すものではない。美貌が非現実的であり、現実の存在である自分との間に、無限の距離を生むのだ。たちまちすれ違う、手の届かぬ絶対が、日常を衝《う》つ。

一方、小川の《ハイミス》は違った意味で、全うされなかった生を見せる。『路地裏の怪人』中には、よりなまなましい歌がある。ここにあるのは恋情だ。相手は《慕情》の対象であった

人とは違うだろう。

■そのひとのありのとわたりおもうまでこいしていしがついにつげえず

顔をそむけることはない。悪趣味に堕してはいない。こんな形でしか、語れぬ思いがあったのだ。《ついにつげえ》ぬ心が即ち百パーセント精神的な愛ではない。

だからといって、ここに一直線の告白を読むのも単純だろう。小川は続けて《せいしょくとはいせつむすぶかなしかるにょたいのきょりよ》と歌っている。二首のみ異例の全文ひらがな書きにしたことも含め、ここにあるのは《具体》への肉迫であると同時に、《抽象》的表現でもある。

こういう言葉を引いてしまった後でも、揺るがずに受け止められるのは、藤井《ふじい》常世《とこよ》の確かな文語の調べだろう。

『草のたてがみ』(不識書院)の一首。《雪は……触る》。助詞は、静けさと孤絶の《は》である。

この人が《ひたすら》降る雨を使うとこうなる。『紫苑幻野』(短歌新聞社)の歌。

■いちにちを降りゐし雨の夜に入りても止まずやみがたく人思ふなり

長い長い序詞から《……止まず》―《やみがたく》という続きの見事さ。ひらがなにするか漢字にするか一字一字に吟味が行き届いているのに、出来てみれば何でもなく、当たり前にさえ見えるのが、まさに非凡だ。

雨の思いは刻々と内に沈む。だが《雪は》の歌は、降り来るものに瞳を上げさせ、白い流れを追わせる。抗し難い魅力を持つ歌だが、それは単に口当たりがいいということではない。歌集「あとがき」で藤井は語る。踊りでは狂乱物が好きで《悲しみのすえの物狂いは、魂のどこかに醒めた部分が》あり、《うつつからまぼろしへ、また解き放たれた魂の遊びから現実の哀しみへ、不意に、自在に、往き来するいちにんの心の裡なるリズムがある》——と。そういうものを感じる。

藤井には『繭の歳月』（砂子屋書房）中に、女性としては珍しいであろう「髭」という一連の作がある。その最後の一首など、この作者らしい独特のものだ。

■羞恥にまみれまみれて朝朝を髭剃るをとこ、もし男なら

小川の『血と雨の墓標　評伝・岸上大作』（神戸新聞総合出版センター）中に一瞬、はるか遠い日の國學院大学短歌研究会新入生、藤井常世の姿がよぎる。偶然だが、こうして書いていると不思議な気もする。

迷ふこと多き日のはてに雪降りて装幀にレモンイエローを選ぶ

雨宮雅子

罪犯さぬ頃は小麦粉が降りしといふ中国のふるき物語「雪」

田谷　鋭

五　白い安息

前回の藤井常世《ふじいとこよ》に、雨宮雅子《あめみやまさこ》を語った「明るき方へ」という文章がある。そこには、雨宮の『斎藤史論』(雁書館)についてこう書かれている。

《『ひたくれなゐ』七百十五首の中のどれでもない〈七百十六番目の一首〉がある、ということを解かれた部分など、まるで名探偵のなぞ解きを読むよう》だ――と。

何と魅力的な言葉だろう。驚いて『ひたくれなゐ』(不識書院)を開いてみた。謎*解きなら結論を明かすわけにはいかない。以下、読者には遠回しでもどかしい書き方になるが、お許しいただきたい。確かに、この歌集には《七百十六番目の一首》がある。しかし、別に隠されてはいない。気づいてもらえないようでは、せっかくの構成の意味がなくなる。初読の時の記憶はないが、これなら多分、わたしにも分かったのではないか……と思う。

それなのに、《雨宮雅子の謎解きの手腕(文章の魅力)にどきどきし、拍手をする幸せ》とまで、藤井は書く。これでは『斎藤史論』を読まないわけにはいかない。

そして確かに、雨宮雅子は《名探偵》であると納得した。雨宮は、結論だけを出してはいない。初出と突き合わせることにより、見事にそれを実証している。この展開に隙がない。快感がある。肝心なのは、我々一般の読者には、《七百十六番目の一首》がこのような形で置かれるようになった過程など、歌集『ひたくれなゐ』を百年見ていても、分からない——ということだ。そういう世界を開いてくれるのが、名探偵——評論家の役割である。

雨宮自身はアガサ・クリスティの愛読者らしいが、ここでは足の探偵フレンチ警部にも似た確実な捜査に基づき、灰色の脳細胞を動かしている。

ところで、ここまで何度か書いている『出版人の萬葉集』を読んでいて思ったことがある。——本にかかわる方なら、ここに収められた歌に共感するに違いない。ではどの歌が、より心をとらえるのか？

そこでわたしは、『出版人の萬葉集』中から二百首ほどを抜き出し、リストを作った。

「すみませんが、この中から十首選んで◎○△を付けてもらえませんか」

本来、全作品を対象とすべきだが、それは現実的に無理である。こういう形で、出版関係二十人ほどの方からアンケートを取った。

支持者数も◎の数も最も多かったのが、雨宮の《迷ふこと多き日のはてに——》だった。

ふと、篠弘《しのひろし》の《雪の来るけはひの空を見はるかしレイアウト室に珈琲をのむ》（『濃密な都市』砂子屋書房）を思い出す。後に続くような場面だ。どんな仕事にも悩みはついて回る。それらを鎮めるものが降る。雪が苛酷なものである土地もあるだろう。しかしこの場合、それは、現実を一時、柔らかく覆ってくれる。天からの白の背景に、雨宮は清冽さを増すレモンイエローを点じた。ここにあるのは、清らかな安息だ。本を作る人々に愛されるのが、よく分かる。

わたしも、とてもよい歌だと思う。何より、まず好きになってしまう。実生活では、波乱と苦悩の多かった名探偵雨宮の作と思うとなおさらだ。

雨宮の歌は、これまでに自選他選の機会を多く持っている。代表歌は、この他に百も二百もあるのだ。しかし、素朴であろうと、この一首は人々の心にすっと届いてしまう。

雨宮の、黄(『鶴の夜明けぬ』現代短歌社)と雪(『悲神』国文社)の歌を別に引く。

■たましひはここに遊ぶと菜の花のうすらあかりの黄のひとうねり
■白きもの見えねど夜の雪を聴くおとあらずともきくものは聴く

さて、雪の安息――と思う時、田谷鋭《たやえい》の、一読忘れ難い歌を合わせて置きたくなる。

論理的に考えるなら、《罪犯さぬ頃は小麦粉が降りし》なのだから、人間が罪を犯し始めてから、冷たい雪が降るようになった――という話だ。つまり、この《ふるき物語》が語るのは楽園喪失のテーマに違いない。

しかし、わたしが感じるのは《ふるき》というひらがなからも感じ取れる、小麦粉の降る、安らぎに満ちた世界だ。後のことはどうでもいい。過去の助動詞に《小麦粉が降りし》と直接体験の《し》を選択し、《降りける》といわない。ことは近くなり、遠ざからない。

この歌の収められた歌集『乳鏡』(白玉書房)の、二首前には《遠き国の雪積む貨車が目前《まさき》を過ぎ瞳吸はるるわれと少年》がある。《雪》降る遠くの国、ここではないところに素直に心魅かれる様子がうかがわれる。

戦争が終わってまだ間もない頃の歌だ。《私《ひそ》かなるよろこび事ぞ空箱を解体し釘のたまりゆくとき》という作もある。わたしの母などは、布の端切れも捨てなかった。物のなかった時代のことは実感として分かる。飢えが普通にあった頃、降る小麦粉の幻想は、ロマンチックなどという次元を越えた安息を感じさせたことだろう。

次のような作もまた、今となれば幻想である。それだけに、貧しい中で、遠くにある《抽象的アメリカ》を信じられた時代が如実に浮かぶ。

■ボタンとリボンとふ曲の名よアメリカは寂しきことの寡きならむ

「ボタンとリボン」は、映画『腰抜け二挺拳銃』中の歌。《ボタン・アンド・リボン＝Buttons and Bows》即ち《バッテンボー》の歌として大流行した。現在、三遊亭小遊三の出囃子になっている。

付記＊《謎解きなら結論を明かすわけにはいかない》と書いた。しかし今、雨宮の『斎藤史論』を読むのは難しいかも知れない。あえて記しておこう。雨宮はいう。《巻末の「ひたくれなゐ」一連の詞書を拾ってゆくと、「ここすぎて」「いづこの門に至るべき」「背後より暮るる」「黄昏の橋」という歌になる》。これは、初出の際には、一首として発表された《「ひたくれなゐ」一連の主題をいわば概念化した歌だ》。斎藤史は、それを分解し、歌群の間に置くことによって、《連鎖するためのつなぎ》としたのだ――と。

体温計くわえて窓に額つけ「ゆひら」とさわぐ雪のことかよ　穂村　弘

垂れこむる冬雲のその乳房《ちちふさ》を神が両手でまさぐれば雪　松平盟子

六　窓のうち外

高校三年の夏——受験生のわたしは、友達何人かと、東京の予備校の夏期講習に行ってみた。覚えたのは、壁に書いてあった《授業料が高い、授業料が高い。上げても上げても、まだ上げ足りぬ。理事長は喜び庭かけ回り、事務長は金庫にしがみつく》という落書きぐらいだった。

駅の近くの書店で、石川喬司《いしかわたかし》のミステリ案内『極楽の鬼』を買った。読んでいくと、E・クイーンの『Yの悲劇』について触れた章があり、三島由紀夫の「推理小説批判」が引用されていた。その中の《知的強者といふものにはかはいげがないのだ》という一節に、《まあ、そうだろうな》と思った。

そこで現在の話になる。穂村弘《ほむらひろし》について、あることを又聞きした。悪い噂ではないから、書いてもいいだろう。酒の席の穂村を見た——という。ジャンルの違う二人のゲストの間に入り、片方のいうことを見事に変換して片方に伝え、また変換して戻す。その《通訳》ぶりが水際立っていた。舌を巻いての感想が、

「いやー、穂村さんて、本っ当にクレバーな人ですねえ！」

そうだろう。穂村弘はまれにみる知的強者だと思う。それでいて《かはいげ》のなさが見えない。いや、可愛げがある、ない、というのは、嫌な言葉だ。そこにあるのは、摩訶不思議にして自在なやわらかさなのだ。

去年の夏、神田を歩いていて「高橋睦郎《たかはしむつお》・穂村弘対談」というポスターをみつけ、あわてて申し込んだ。これが、《もし気づかなかったら……》と思うとぞっとするほど素晴らしいものだった。穂村は、高橋の話を見事に引き出していた。彼は、おそるおそる、やすやすとやっていた。

さて、雪の歌が続くと、『シンジケート』（沖積舎）の、というより、あちらこちらで出会う、この「ゆひら」の響きが、どうしても頭に浮かぶ。

まさに見事に《作られて》いるのに、読んでいる間はすんなりやわらかく誘導されてしまう。「ゆひら」は、キャンディーをくわえていても出る筈だ。しかし、そこに体温計を持って来る。現実問題として、口で体温を計る人など、今の日本ではごく少数派だろう。年齢によって違うのかと、知り合いの方にアンケートを取ってもらった（本当です）が、やはり聞いた限りの女性は腋《わき》派だったという。

そんな現実など、あっさり飛び越えられてしまう。この絶妙さ。体温計をくわえた姿を見せ、そのまま話せる二人なのだ。

ところが、道浦母都子《みちうらもとこ》の『青みぞれ』（短歌研究社）には、

■用無きに口に含める体温計月経つこともおぼろおぼろぞ

という歌がある。となると、女性が基礎体温を計測する場合は、事情が違うのだろうか。しかし、わたしは、「ゆひら」の彼女は風邪なのだと思う。より正確にいうなら発熱だ。子供の頃、熱が出るというのは、平熱という日常から離れることでもあった。極端な病気でなければ、それはひとつの祝祭ともなる。

■やわらかいスリッパならばなべつかみになると発熱おんなは云えり

『ラインマーカーズ』（小学館）の歌だが、ここにはそんな種類の《祭り》がある。熱の額だからこそ冷えた窓につけ、眼が自然に外に誘われ、流れる白いものを見る。内に熱い額、外に雪。その時、硝子一枚を支点とした天秤ばかりが釣り合う。

　無論、基礎体温を計っている時、熱が出ることもあるだろう。しかし、それではことが二重になってしまう。砂糖に砂糖をかけるのは余計ではないか。わたしには、どうもそう思えてならない。

　こうやって歌を操る穂村弘は、小学生の頃、ここぞという時、体温計の目盛りを自在に上げられたような気がする。

　こんな額の当たる窓硝子の上に、音もなく広がっているのは、――松平盟子《まつだいらめいこ》の冬の空ではないか。

　わたしは、同朋舎メディアプランから平成二十年『現代短歌朗読集成』が出ているのを知らずにいた。遅ればせながら気がつき、あわてて購入した。以前の、テープによる大修館書店版に、さらに二十名を加えたものだ。そのCDの一枚を、車を運転しながら聴いた。短歌と接するには、およそ似合わない環境だろう。この松平の歌になった時、わたしは《何事が起こったのか》と思った。大袈裟にいうのではない。一瞬に視界が変わったような、不思議な体験だった。何という大きさだろう。天象と肉体が、奇跡のように空で重なる。いうまでもなく、男には詠めない。

これを前にして、わたしは、ただ見上げ、感嘆するしかない。例えば、志賀直哉は登場人物に乳房を《豊年》といわせたし、一方《雪は豊年の貢《みつぎ》》というではないか——といった類いの連想や理屈は、全く馬鹿げたものになる。歌が、歌そのものとして屹立している。

先程の、道浦母都子の『青みぞれ』の中には〈松平盟子さんに〉という一首があり、『風の婚』(河出書房新社)には、名前がそのまま出て来る。

■人の見る夢のはかなさ　儚《はかな》　儚　儚　夢のはかなさこの人も知る

■「この夏は休みなしです」来信は健気《けなげ》なるかな松平盟子

《健気なるかな》は、七つ下の友人、いや同志にいうのだ。上からの言葉ではない。安っぽさを捨てた、愛の言葉だ。道浦はそこに自分を見ているのだろう。

金輪際会わぬと決めたる一人《いちにん》と夢打際で夜毎にまみゆ　道浦母都子

夢に棲む女が夢で生みし子を見せに来たりぬ歯がはえたと言いて　吉川宏志

七　夢の男と、女

苦しみが夢に繋がるのは、我々が経験するところだ。そういう時は眠りが浅く、すぐ目が覚める。だから見た夢を思い出し、また心を痛める。

道浦母都子《みちうらもとこ》の九〇年代初めの歌集『風の婚』には、一首で一ページを与えられた歌が幾つかある。そのひとつが、

■浴室の曇りガラスになぞり書く「身から出た錆」「身から出た夢」

ページをめくると、

■夢食べて生きていし日のわたくしに還りゆくべく眠らんとする

そして冒頭にあげたのが、九〇年代終わりの歌集『青みぞれ』にある歌だ。通り過ぎても《夢打際》という言葉が気になり、戻ってしまう。

夢の舞台はどこ——と書かれていなくとも、海岸が浮かんで来る。空は、黒画用紙のようだ。星はない。無論、月もないのだが、奇妙なことに《一人》の姿が見える。闇の視界は、広いようで狭く、狭いようで広い。無声映画のように波が寄せ、夢が寄せる。夜毎の上映会が続き、心は、夢のフィルムの回転の内に閉じ込められる。

夢と女と男といえば、松平盟子《まつだいらめいこ》の『オピウム』（短歌新聞社）にあるこれにも、ぎょっとさせられた。

■ネクタイが大鍋の底に沈みつつぐらぐら揺れる夢のなかばを

吉備津の釜の鳴る音を、聞くようではないか。

《ぐらぐら》はありきたりの言葉だが、ここに置かれると、沸き立つ様子、音、見つめる心を合わせて、まさに《ぐらぐら》だと思える。《女》の歌であり、後に《松平盟子》と作者名を置かれることによって完結する。

実はこれに《長箸ですくえば黒きネクタイのような昆布が湯気を上げおり》という歌が続いている。夢の中だ。ネクタイという男の象徴が煮られても、不自然ではない。だが次の瞬間、《ああ、昆布だったか》とすり替わる。それも夢的ではあるけれど、せっかくの幻術が、種明かしで手品になったようで、ちょっと残念だった。当然、この続き具合に、より面白みを見いだす人もいるだろうが。

一方、男である吉川宏志《よしかわひろし》に《夢に棲む女》の不思議な歌がある。歌集『夜光』（砂子屋書房）中、こういう並びの後に出て来る。

■鳥風のひとすじ吹きしゆうぐれは眉毛の薄き妻とおもえり
■むんむんと二階がふくれてゆくような春雷の夜にふとん敷く妻

わたしは《鳥風》という言葉を知らなかった。小学館の『日本国語大辞典』には、《春、北国へ帰る渡り鳥の群れがたてる羽音。風の音かと思われるほど激しいところからいう》と書いてある。転じて、その頃の風の意味で使われているのだろう。

《夢に棲む女》は妻ではない。道浦や松平の《夢の男》と違って、抽象的な存在だ。《夢の子》は、吉川と疲れとの婚姻により生まれたものだろう。

そこに、《歯がはえた》という具体的なものが顔を見せる。《赤ん坊》が《子供》になる時には、生命の輝きを感じ、喜ぶのが普通だ。だが吉川の歌にあるのは不安感だ。

ところでわたしが子供の頃、夏になると、千葉県にある母の実家に行った。そこに昭和初期に出版されたアルスの『日本児童文庫』が揃っていた。それで読んだフローベールの『ジュリアン聖者』が強く心に残った。

身ごもった城の奥方は、子供が《聖者になる》という予言を聞き、城主は《皇帝の家族となる》と聞く。だが子供ジュリアンは、生き物を殺戮することに取り付かれる。親子連れの鹿を殺した時、父鹿は額に矢を突き立てたまま宣告する。《お前は、お前の父母を殺すだろう》——と。

この話は、高校時代、山田稔《やまだみのる》訳でも読んだ。そして三度目、岩波文庫の山田九朗《やまだくろう》訳で読んだ時、次の箇所で慄えた。

——一度も泣かずに歯が生えた。

赤ん坊は泣くものである。それなのに……、という異様さに身震いしたのだ。泣かぬまま子供となったジュリアン。《文章を綴るとは、いい換えようのない一語を探すことだ》といったフローベールらしい、峻烈な一文に思えた。ちなみに、森鷗外《もりおうがい》の手になる『聖ジュリアン』はドイツ語からの重訳だが、名品といわれる。そちらでは、《一度も泣かずに、歯も生えた》となっている。

ところが後日、桑原武夫《くわばらたけお》訳を見ると《歯もはえそろったが、そのために泣いたことは一度もない》となっていた。同じ文章の訳とは思えない語調だ。どちらの響きが原文に近いのかは、分からない。意味に関しては、行き届いているから、(赤ん坊の頃は普通に泣いたが)歯が生える痛みに関しては泣かなかった——と、はっきり読める。こちらの方が正しそうだが、つまらない。思えば、アルスの中村星湖《なかむらせいこ》訳《歯はたゞの一度も泣かずに生えました》も、山田稔の《歯が生えはじめても、一度も泣かなかった》も、ここを《誤解》させ、戦慄させてはくれなかったのだ。その意味で、簡潔な山田九朗訳に感謝する。

こんなことがあったから、わたしは、吉川の《歯がはえた》に敏感に反応してしまった。わたしのような読者でなくとも、夢という非現実から、その小さいが白々とした《歯》が現実に食い入って来そうになるのを感じるだろう。その感触が、まことに独特だ。この後に、松平の《ネクタイが——》を置いても、恐ろしい。

日は暮れぬ人間ものの誰知らぬふかき恐怖《おそれ》に牛吼えてゆく
北原白秋

牛馬《うしうま》が若《も》し笑ふものであつたなら生かしおくべきでないかも知れぬ
前川佐美雄

八　牛の声

前回、アルスという出版社のことを書いた。

渡英子《わたりひでこ》の『メロディアの笛　白秋とその時代』（ながらみ書房）によれば、北原白秋《きたはらはくしゅう》は弟と共に阿蘭陀《おらんだ》書房を創設、同時に雑誌「ARS《アルス》」を創刊した。しかし、経営は数年で行き詰まり、《敗戦処理を弟に任せて》退く。弟《鉄雄《てつお》は大正六年まで持ちこたえた阿蘭陀書房を他人に譲り、新たに出版社》を創立。それが、――アルスということになる。鉄雄は《出版人としてその後も白秋を支え》た。

さて、白秋の詩の響きは実に魅惑的だ。わたしは高校時代、「邪宗門秘曲」を呪文のように暗唱出来た。短歌にも、すぐ浮かぶものがある。しかし、ここにあげたのはその手の代表歌ではない。阿蘭陀書房から、大正四年に出た『雲母集《きららしゅう》』中の一首。いわゆる名品ではない。だが、わたしには気になる歌だった。

まず《人間もの》という言葉に、なじみがなかった。最初、《人間ども》の誤植ではないか……と思った。天上から人間を見下ろす視点なら《ども》でもいい筈だ。しかし、その語調が白秋的とも思えない。はて？

今回、渡英子さんにうかがい、《人間もの》は白秋の語彙だと、ご教示いただけた。『雲母集』中の《夕されば涙こぼるる城ヶ島人間ひとり居らざりにけり》が、後に《日暮るれば涙はしりぬ城ヶ島人間ものは誰居らぬなり》と改訂されたことからも、それは明らかで、現在、後者が三浦半島の島山の歌碑になっている——とのことだった。疑問が解けて、嬉しい。気になっていたトゲが抜けたようだ。

ところで、この歌が心に食い入ったさらに大きなわけは、無論、内容にある。牛の声が、原始人が抱くような未知なるものに対する根源的な恐れを伝える。ふと、子供の頃、ひたひたと身に迫って来た夕闇を思い出す。

牛馬は昔、身近な動物だった。わたしでさえ小学校に上がる前、それぞれ一度だけだが、田を耕している牛を遠目に見、荷車を引く馬とすれ違ったことがある。戦前なら、犬猫のようによく見かけたろう。大人の目にも、牛は大きい。子供が見たら、小山のようだ。その声が春の日長に響けば、のんびりした気分になる。しかし、ここでは違う。白秋の耳は、戦慄すべきものを聴いた。

前回、述べた通り、わたしの母の実家にはアルスの『日本児童文庫』があった。その書棚には、新潮社の『世界文学全集』も並んでいた。戦前の代表的な全集のひとつである。中にダンテの『神曲』があった。これを拾い読みしたのは中学生の頃だったろう。ページをめくると、まず最初に出て来る地獄、煉獄、天国の図解が面白かった。地獄構造図解などというのは、まるで水木《みずき》しげるの貸本マンガを見るようだった。

生田長江《いくたちようこう》訳、野上巖《のがみいわお》解題だが、第二十七歌冒頭に、こういう一節がある。《かのシチリアの牡牛は、鑢《やすり》をもて己の形をととのへし者の嘆きを第一の咆え声となしき》。注釈が凄い。《シチリア島アグリゼントの暴君ファラリイデのためにアテエネの工匠ペリルロによりて造られし罪人焚殺用の銅製の牡牛。この中に罪人を入れて焼けばその悲鳴叫喚の声恰《あたか》も牛の咆哮するに似たりきといふ。その最初の犠牲者は実に皮肉にもペリルロその人なりき》。

逃げ場のない、銅製の牛の胴。その中に押し込められ、焼かれる人の叫びが、牛の唸りに聞こえる……という異様な発想。これにはぞっとする。忘れ難い。その後の『神曲』の訳注には、暴君自身が焼かれた——とするものもある。確かに後に、因果応報の二重奏で暴君もそうなるようだ。しかし、ここでいわれているのは《鑢をもて己の形をととのへし者》だから、工匠ペリルロのことだろう。我が手で作っておいて——という運命の恐怖、先の見えない人間の、足元のもろさ不確かさがまた恐ろしい。

牛といえば、内田百閒《うちだひやっけん》の『件《くだん》』を思い出す。体が牛、顔は人間の生き物、件は未来の凶福を予言する。大群衆が件となった男を取り囲む。「ああ、恐ろしい」という者もいる。思えば、前回、触れた『ジュリアン聖者』は、鹿に絶望に満ちた予言をされてしまう。『オイディプス王』の昔から、予言の手が運命の幕にかかった時、広がる闇や血潮を予想し、観客の心は慄える。

前川佐美雄《まえかわさみお》の、時に風景に向かって《草も木もわれに挑みてほえかかるすさまじく青き景色《けしき》なりける》(『大和』甲鳥書林)というほどの、独特な感性のレンズを通すと、様々な世界が見える。あげたのは『植物祭』(素人社書屋)の一首。《若し笑ふものであつたなら》と、《若し》がついていても、前川の言葉に引かれ、読む者の目には一瞬、牛馬の奇妙にねじれて笑う口が浮かぶ。何を思って笑うのか。答えを出せない我々は、《知らない》存在であることを知らされ、不安に耐え難くなる。

一方、予言を扱っても、高柳蕗子《たかやなぎふきこ》のそれは色合いが違う。この金魚は、メタリックレッドではないか。

■「ほらネッ」と言いたいために恐ろしい予言続けるあたしの金魚

宮沢賢治《みやざわけんじ》は時に、暗い、異様な作品をも残した人だ。《鳶いろのひとみのおくになにごとか悪しきをひそめわれを見る牛》という歌もある。しかしながら、最後はその賢治の、心休まる作で終えよう。雪こそ賢治にとって、天からのアイスクリームである。

■ひとひらの
雪をとり来て母うしの
にほひやさしき
ビスケット嚙む

散華とはついにかえらぬあの春の岡田有希子のことなのだろう　藤原龍一郎

おしゃべりの女童《めわらは》逝きぬをりをりに思ひ出づれば花野のごとし　桑原正紀

九　少女のねむり

島田《しまだ》修二《しゅうじ》は、《またの名をグレゴール・ザムザ五十歳変らぬ面を曝しゆかんか》（『渚の日日』花神社）と歌った。内に煩悶を抱えつつも、相変わらずの外面を持つ《日々》だ。藤原《ふじわら》龍一《りゅういち》郎《ろう》は、それからほぼ四半世紀後を生き、『日々の泡・泡の日々』の中でいう。

■毒虫と化したるわれを妹の箒がこともなく掃き出せり

もはや、《曝しゆかんか》という言挙げさえ、おのれに許せないのか。陰に隠すリングネーム、ザムザ藤原。乾いており湿らぬところに、昂然たる自嘲の決め技がある。

これらは、《カフカの『変身』なら誰でも知っている》という前提のもとに作られている。短歌・俳句は、いうまでもなく短い。説明なく示される言葉が、何かを踏まえていることが多い。《戦火映すテレビの前に口あけてにっぽん人はみな鰯》（高野《たかの》公彦《きみひこ》）といわれれば、二重写しになって中原中也《なかはらちゅうや》の「サーカス」が覗く。《幾時代かがありまして／茶色い戦争ありました》。サーカス小屋のブランコは《ゆあーん　ゆよーん　ゆやゆよん》と、繰り返し揺れる。《観客様はみな鰯／咽喉《のんど》が鳴ります牡蠣殻《かきがら》と／ゆあーん　ゆよーん　ゆやゆよん》。

だが、同じ高野が《われら来て消費税のこと怒りつつ飲みをり酒場〈ケヌマ・ノチタレオ〉》という時、その向こうに塚本邦雄《つかもとくにお》を見ることは、普通、出来ない。

わたしは、短歌関係の文章をほとんど知らない。しかし、たまたま題名にひかれ、塚本の「写実街殺人事件」は読んでいた。そこには《酒場〈ケヌマ・ノンサナミ〉》が出て来る。これらが双子の言葉でない――とは、いう方が無理だろう。塚本はリアリズムの徒に対し《ミナサンノ・マヌケ》といった。そして、高野は《われら》に向かって《オレタチノ》といい換えた。この酒場名の連鎖は、知らずともすむ。いや、読みは人により違う。そこに妙味がある。皆が同じ経験を重ね、同じ思いで対することなどあり得ない。そこに、読みの個性、豊かさが生じる。

とはいうものの、藤原の歌の固有名詞《岡田有希子《おかだゆきこ》》はどうか。

あげたのは、第一歌集『夢みる頃を過ぎても』の四首目。これだけでも、彼女が若くして尋常ならざる逝き方をした――ことが想像出来る。だが、具体的には分からない。わたしは、この歌をある文章で引いたことがある。それを読んだ方が《岡田有希子》が分からず、ご主人に聞き、やっと「そういう人なのか」と納得したそうだ。

岡田は、一九八六年四月八日白昼、四谷のビルから投身自殺した。「週刊新潮」を調べてもらったら、十三年後、十八年後、二十年後にも大きく取り上げられていた。《数々の新人賞を獲得し、人気の絶頂にあったアイドルの突然の死》だったという。わたしは当時、すでにアイドルに関心を持つ年ではなかった。事があり、初めてその名を知った。聞いても、顔が浮かばなかった。それでも、新聞に大きく載り話題になっていたことは、はっきり覚えている。
藤原は、古びることをおそれず固有名詞を作中に取り入れる。この場合も、そうせざるを得ない心の動きがあったわけだ。しかしわたしは、ここにある別の言葉にも《時》を感じる。《散華《さんげ》》だ。それが気になっていた。

　わたしより年上の、文学関係の方と同席することがあったので、うかがってみた。

「散華——といわれ、まず思う意味は何ですか」

　ほとんど全ての方が、

「戦死。……特攻隊」

と、答えた。わたしもそうだ。『大辞林』では②になっている《戦死を美化していう語》の方が、先に来る。お一人だけが、①の《仏を供養するために花をまき散らすこと》をあげ、

「うちは、身内に一人も戦死者がいなかったからなあ」といわれた。

　ある程度以上の方に《散華》は重過ぎる。《花と散る》は背負う事実であり、言葉ではない。藤原より前の世代なら、仮に《だからこそ》と思っても、ここに《散華》はおけない。そして後の世代なら、置くべきものとして浮かばないだろう。そういう意味でこれは、流れる時の、まことに微妙な一点において生まれた作だ。詠み手の意図を越え、ひとつの時代を描いたともいえる。無論、藤原が常に、時代と向かい合っているからそうなったわけだが。

　さて、桑原正紀《くわはらまさき》の作にも心ひかれるものは多い。歌集『妻へ。千年待たむ』（短歌研究社）もそうだし、それ以前にもある。だが、ここには『火の陰翳』中の歌を引く。

　岡田有希子は十八歳だったが、この《女童》は八歳ぐらいか。その子がいれば、周りの明る

さが違ったのだ。《花野》は、もはや比喩ではない。この痛切さは問答無用だ。

杉崎恒夫《すぎざきつねお》の『パン屋のパンセ』（六花書林）には、こういう歌がある。

■風さむき二月の街へ逢いにゆくエリカいませんかエリカいますか

この響きにわたしは、室生犀星《むろうさいせい》が書いた『或る少女の死まで』の、「悼詩」を連想する。

《ボンタン実る樹のしたにねむるべし／ボンタン思へば涙は流る／ボンタン遠い鹿児島で死にました／ボンタン九つ／ひとみは真珠／ボンタン万人に可愛がられ／いろはにほへ　らりるれろ／ああ　らりるれろ／可愛いその手も遠いところへ／天のははびとたづね行かれた／あなたのをぢさん／あなたたづねて　すずめのお宿／ふぢこ来ませんか／ふぢこ居りませんか》。

そしてわたしは、桑原の《女童》を、《いろはにほへ　らりるれろ／ああ　らりるれろ》と、尋ねたくなる。

たつぷりと真水を抱きてしづもれる昏き器を近江と言へり　河野裕子

そのうちに行こうといつも言いながら海津《かいづ》のさくら余呉《よご》の雪湖《うみ》　永田和宏

十　近江　あふみ

今から四十年ほど前、わたしは国語科新人教員の研修会に参加した。講師になったベテランの先生が言った。「皆さん、短歌というと古めかしい感じがするかも知れませんけれどね」、そして、黒板に書いた。

■たとへば君　ガサッと落葉すくふやうに私をさらつて行つてはくれぬか

読み上げて、付け加えた。「わたしも教えられて、へぇーと思いました。河野裕子《かわのゆうこ》という、若い人の歌です」。

身構えた紹介ではない。茶飲み話に町内の娘の噂をするようだった。そのあっさりした感じが心地よかった。これが《河野裕子》という名を知った初めである。

三一書房から出た『現代短歌大系』の「現代作品集　女流作品集」あるいは「現代新鋭集」

を収めた巻が出たのは、一九七三年。河野裕子が入っているものと疑わず見たら、ない。今は、《ない》ということに驚いてしまうが、河野にさえ《まだ新人》だった時があるわけだ。

時はいつの間にか流れ、新聞を開き、河野の死を知った。わたしは、随分前に録音した河野の、講演のテープを探し出した。昔はラジオ番組のチェックもしていた。たまたま河野裕子の名を見つけ、《こういう放送もあるんだ！》と楽しみに待ち、スイッチを押した。分かりやすく親しみやすい講演だった。その声を、もう一度聴きたかった。

ところが、機械が悪いのかテープの状態がよくないのか、途中で止まってしまう。大事な録音なので、無理をしたくない。話の途中だったが、時を止めるようにそのままはずし、しまっておいた。

永田《ながた》和宏《かずひろ》の歌集『風位』（短歌研究社）を読んだのは、その後だった。永田は「あとがき」で《さまざまの出来事が私の周辺に起こり、個人的には大変な時期ではあった》と書いている。《そのいくつかは作品を見ていただければいい》という。だが、わたしはこれが河野裕子の発病の《時期》であったことを知らず、先入観を持たず、

■なんにしてもあなたを置いて死ぬわけにいかないと言う塵取りを持ちて

から始まる「ふたつの癌」を読んだ。永田は、妻のそれと共に、恩師市川康夫先生の膵臓癌とも向き合う。《前日、師を病室に見舞った。亡くなる前に一度だけ言っておきたいと思っていた師への感謝の思いは、この日もやはり口にすることができなかった》という詞書《ことばがき》に続く、一連の歌がある。

■二十年師でありつづけ「永田君、吸呑に茶を」と言いて死にたり
■「ありがとう」と病室よりぞ聞こえたり逃るるごとく出でし廊下に
■そんなにも大きな声の残りいしか「ありがとう」なる声は最期の
■亡くなってしまえばそれが前日か会いたりきまこと死の前日に

歌が自分の胸の中に入り、形を変え、そのままで覚えてしまう――ということはある。わたしは、この最後の一首に衝《う》たれた。自分の体験に重ね、音を足して読み、記憶してしまった。わたしの母は昔から体が弱く、寝込んだり入院したりすることが多かった。いよいよ老境に入ってからのことだ。病院のベッドにいる母のところに行くと、意識がなかった。わたしは前日、忙しく、特別な思いもなくあわただしい言葉をかけて去ってしまった。

――あれが最後の会話になってしまうのか。

そう思うとたまらない悔いに責められた。心のこもったやり取りを、どうしてしなかったのか。もう一度、昨日に返り、母と話したかった。だがそれは決してかなわない。半ば呆然として、駐車場の車の運転席に座った時、嗚咽がこみ上げて来た。最後に泣いたのは小学生の時だ。映画を観て、多少、涙腺を緩ませるようなことはあっても、大人の自分が泣くことなど、もうないと思っていた。家に帰ってからも、一人で、慄える体を抑えるようにして泣いた。

幸い、母は意識を取り戻し、また言葉を交わせるようになった。心から大いなるものに感謝した。おかげで、やがて父母の逝った時も、同じ苦しみを味わうことはなかった。その記憶があったから、わたしはこの歌を《亡くなってしまえばそれが前日か会いたかりきまこと死の前

日に》と読んでしまった。違うと分かったのは、読み返した時である。そしてまた、別の形での永田の思いを噛み締めた。

冒頭に引いた永田の歌は、同じく『風位』の前半にある歌。《春泥に自転車の跡深きかな吾が死後も咲き花散るならん》と続くから、《わたしの思い》である。しかし、河野が逝った後では、《二人》で《そのうちに》といい合いながら過ごしても、《そのうち》を作ってくれないことの多い《時》というものを感じてしまう。

永田・河野の共著『京都うた紀行』（京都新聞出版センター）、海津大崎の項で永田は《滋賀に住むものにとって、「海津の桜」という言葉は、特別の響きを持っている》と書く。最晩年、河野は《化学療法の副作用でほとんどものが食べられない状態でも、わたしと一緒に現場へ向かった》。死のひと月ほど前の対談で二人は、こう言葉を交わすことが出来た。

永田　全部実際に足を運んだよね。

河野　ほとんど一緒に行きました。

はつなつの、うすむらさきの逢瀬なり満開までの日を数へをり
横山未来子

はばからず君を抱かんと暮れなずむ山脈《やま》に日輪をたたきこみたり
谺　佳久

十一　はつなつの

はつなつ——と聞くと、川上澄生《かわかみすみお》の版画「初夏の風」を思い出す。白緑《びゃくろく》の風が、婦人の周りを吹いている。画面には、こう彫られている。

かぜ と なりたや
はつなつの かぜ と なりたや
かのひと の まへに はだかり
かのひと の うしろより ふく
はつなつの はつなつの
かぜ と なりたや

これには、縦長に作られた「ローマ字版」もあり、詩の言葉も微妙に違う。

さて、短歌では横山未来子《よこやまみきこ》の、冒頭の作がすぐに浮かぶ。『水をひらく手』（短歌研究社）の一首。こうして抜き出せば、こちらもまた、疑いようのない恋の歌である。

横山は、歌の中で読点を使う人ではない。一字をあけることはあっても、読点はほぼ使わない。なるほど、《茸、セロリ、豆腐など手に持つわれがわづかに冷ます白日の都市》といった例はある。しかし、この並列の単語を分ける場合と、《はつなつの、》は明らかに違う。一気にいいかけた言葉が、そこで止まる。指揮者のタクトが動かなくなり、世界の動きが停止する。そういう間だ。聴衆は、もしかしたら《次》は来ないのかも知れない……と息を呑む。

その緊張ゆえに《うすむらさきの》と柔らかく受けられながら続く、《逢瀬なり》の強い断定が頷ける。選ばれた、ひとつの読点から、無量の思い、表情が生まれる。

だがこの歌の《満開》は、実は《かなう恋》の比喩ではない。桐の花が咲くのを、本当に待っているのだ。それが桐の木であると教えられ、北原白秋の随筆『桐の花とカステラ』を思う歌があり、ここに繋がる。

だがしかし、わたしはもう一度《実は》――と思う。横山の最初の歌集『樹下のひとりの眠りのために』（短歌研究社）には、次のように若々しく美しい歌がある。

■ひと束の水菜のみどり柔らかくいつしかわれに茂りたる思慕

■身のうすき絹さや水に放したりわれさへ知らぬわが未来ある

《水菜》や《絹さや》が、思慕やわれや未来に重なったように、この桐の木を見上げる心には、まぎれもなく純粋な恋がある。《逢瀬》といえば、そこに恋が生まれるのだ。これは、言葉の遊びではない。
一方、谺佳久《こだまよしひさ》の歌集『疾走歌伝』（ながらみ書房）では、感情と行為がひた走る。

■父の眼を偸みてわれに逢いに来し汝れをブラウスの上より愛撫す
■星見んといざない歩む草原《くさはら》にがまんならねば君の服剝ぐ
■愛欲に揉まれしシャツを踊らせて渦なす夜のコインランドリー
■助手席の女《ひと》を抱き寄せ突っ走る死なばもろともの片手ハンドル

若き日の恋ばかりではない。子供の歌があり、職場である定時制高校の胸をうつ歌がある。そして、父の死も。それぞれが、一歩を踏み込むように詠まれている。

■三十にもなりし男が棺桶にすがって泣くを許せよ吾子ら
■成仏をせよと人らは祈れるを甦りこよ鬼となりても

カバー表に、《快楽の束のごときを　黒髪をつかみベッドに引き倒したり》に触発されたような、髪をからめた手の絵、緑に赤で大きく題字。裏は赤。カバーを取れば、さらに大きく《疾走歌伝》の銀文字が光る。

冒頭に引いた歌は、《暮れなずむ山脈に日輪を》に眼をやると神話か説話の背景を見るようで、それが《たたきこみ》と俗な動詞に繫がり、《たり》と収める。何といっても日輪である。敬すべきお天道様《てんとうさま》である。《たたきこむ》などとは、並の人間にいえない。荒らぶる王子のようだ。
横山の『花の線画』（青磁社）には、次の歌がある。
■馬を追ひ赤き実を食み水を汲みいくつもの世を旅して来たり
なるほど、人は《いくつもの世》を生きるものかも知れない。冒頭の二つの歌では、谺の作を後から知った。その時、火の王子にうすむらさきの王女を添わせたい、並べてみたいと思った。

横山が、この世で満開の時を待った桐の木はこうなる。
■地響きとともに整地の始まりぬ桐の枝にも震へつたはる
■桐の木のありたる場所に木はあらず根もあらずアスファルト黒く湿れり
谺の歌にも、次のような作が続く。
■牡蠣の身を抜きおり君のなき夕べナイフよ俺の悲哀《かなしみ》えぐれ
■好きな女《ひと》おるかと不意に母は問う居りたりおりて嫁ぎ去りたり
なればこそ、時の一点の思いをとどめたこの二つの歌を、めぐり合わせたくなるのだ。

川端康成

銀座裏の炎暑の路に遭ひしときむずかしい顔してますねと我に笑ましき

神山裕一

「ゆっくりと急げ」と言ひし開高健墓前の思ひ冬枯れの朝

児玉武彦

十二　その人びと

夏の銀座を歩いていると、神山裕一《かみやまゆういち》のこの歌を思い出す。

よく知られた川端康成《かわばたやすなり》のエピソードに、《駄目ですか》の話――というのがある。これが広まったのは、文藝春秋から出た全集『現代日本文学館　二十四　川端康成』中の「川端康成伝」によってではないか。筆者は吉行淳之介《よしゆきじゅんのすけ》。

吉行は、この本の出た《昭和四十一年の川端康成の風貌で、最も特徴のあるのは、その眼である》と書き、《「物自体の本質が映っている眼」とか、「虚無を映す眼」とか、いろいろ言い方があるだろうが、その眼は若いころからそうだったのだろうか。梶井《かじい》が、「薄気味わるい」と評しているように、その気配十分だったとおもえる》と続ける。《梶井》とは梶井基次《もとじ》郎《ろう》、書簡に川端が《よく顔を見る》ことを記し、《少し気味が悪い》と書いているのだ。

そして、昭和三年、川端の熱海の家に泥棒が入った時のことになる。夫人と二人で横になっている部屋の襖が開き、男が入って来た。そして、吊るしたインバネスの内ポケットを探る。この時、川端はまだ寝入らずにいた。見ていると、《泥棒は、寝床の裾から枕もとの方へ来ようとして、ふっと康成の眼と眼が合った。眼の合った瞬間、その男は、／「だめですか」／と言うなり、ぱっと逃げ出した》。吉行は、こう結ぶ。《泥棒と合った川端康成の目玉は、どういう眼だったのだろう。だいたい想像がつく。「だめですか」と言った泥棒の気持が、分るような気がする》。

文学全集というのは、昔は信じられないほど売れたものだ。この文章も、多くの人に読まれた。

同じことを、『川端康成とともに』（新潮社）で、秀子《ひでこ》夫人がこう書いている。《その泥棒さん、枕元の長火鉢にお金が入っていると思って手をのばしたところ、川端と目があって、驚いて「だめですか」と声を出したのです。その「だめですか」という声で私も目がさめて》――と。

ところが、これらは微妙に川端自身の記憶する《事実》と違う。川端の随筆「熱海と盗難」では、次のようになっている。

川端は最初、二階に泊めていた梶井が煙草か何かを取りに来たのだろうと思い、わざと《蒲団に顔を隠すやうにして目をつぶりながら》寝たふりをしていた。なるほど、これなら泥棒も仕事にかかるわけだ。ところが、長火鉢の引き出しを探る音、金の音がする。その辺りで、泥棒だと思った。しばらくして、肩の辺りで音がする。目を開くと、枕元に泥棒が立ち、見下ろしていた。そして、そのまま一分間程両方からぼんやり目を合せてゐたから不思議だ。突然泥棒が、「駄目ですか。」と奇妙なことをいつたのに誘はれて私が、「え？」とか何とかいふ暇もなく、さつと身を飜してどたどた逃げ出した。

原典を読まないと、この《一分間程両方からぼんやり目を合せてゐた》間《ま》が出て来ない。夫人は《目があって、驚いて》、吉行は《眼の合った瞬間》としている。吉行は勢いをとったのだろう。しかし、味はこの間の方にある——と思うが、どうか。続く緊張、見つめる川端の眼。女性編集者と対座しながら、何もしゃべらず、ついに相手が泣き出したというエピソードもある川端だ。沈黙に耐え切れなくなった泥棒の口から、思わずもれたのが《駄目ですか》だろう。作ろうとして作れない名言である。川端の炯々たる眼光は、それほど印象深い。

神山は、そんな川端康成と、炎暑の銀座裏でふと出会った。すると、何とあちらから《むずかしい顔してますね》といわれてしまった——これが、何とも面白い。

この時、川端の眼も笑っていたろう。夫人は、初対面の川端の《眼だけはとても生き生きした温かそうな感じ》だったという。実際、川端にはにこやかに微笑んでいる写真もあるのだ。

神山裕一は「新女苑」の編集者として、戦前から川端を知っていた。彼が川端にかけた言葉も活字として残っている。昭和十三年の「新女苑」に載った横光利一《よこみつりいち》・川端の対談中に《川端さんは割合同人雑誌を読んでいらつしやるやうですが……》という神山のひと言がある。

その敬愛の念、そしてまた暑熱の銀座裏の一瞬をとどめた歌である。

一方、児玉《こだま》の作からは扇の裏を見るように冬が広がる。

開高健《かいこうたけし》が、編集長をしていたのがサントリーの伝説的ＰＲ誌「洋酒天国」。小玉武《こだまたけし》の『「洋酒天国」とその時代』(筑摩書房)によると、開高健は、そこに《哲学者・河野与一のヴァレリーの訳詩を》載せた頃から、「洋酒天国」を《夜の岩波文庫》といっていたそうだ。ヴァレリーの『虚無への供物』の題名の由来となった象徴詩を酔前子と酔後子とにして訳し分けた逸品。中井《なかい》英夫《ひでお》が《『虚無』へ捧ぐる供物にと/美酒少し海に流しぬ/いと少しを》とした箇所が、まずは《供えもの「虚無」に捧げ/奇しき酒　ほのかに濯ぐ》であり、やがて《お供えものを「無」にすると/ちょっぴりこぼした　赤ヮ酒》と文章が酔う。開高は、《ほんとうの知性とはこういう遊びを楽しむ》ことだと言った——と書かれている。そして、この本の著者小玉武こそ、歌人児玉武彦《たけひこ》なのだ。

学生の頃から「洋酒天国」編集を手伝っていた児玉は、宣伝部で開高の姿をよくみかけた。《きちんと机に向かって広告コピーを書いている芥川賞作家の姿は、駆け出しの若者にはクールに見えた》。正式に社員となってからの昼休み、将棋や碁をやらぬ者は《たいてい開高健を囲んだ》。

追憶と敬意、返らぬ時への思いがこの歌にもある。共に『出版人の萬葉集』(日本エディタースクール出版部)から引いた。

かなかなやわれを残りの時間ごと欲しと言いける声の寂しさ　佐伯裕子

夏とほし光悦茶屋の氷水《かきごほり》くづし残して発《た》ち来しことも　苑　翠子

十三　夏の記憶

わたしが生まれ、今も住むところで蟬の声といえば、まず暑さを倍加させる油蟬のジージー、時にミンミンが加わり、またオーシックツクと、せわしない。そんな具合だ。

ある夏、母が思い出を語ってくれた。母の育った辺りでは、夏の終わりにヒグラシが鳴いた。その、《かなかなかな……》という声を聞くと、たまらなく切なかった、と。

小学生の頃、夏休みに母の実家へ行った。それが、体験出来る唯一の家族旅行であり、とても楽しみにしていた。しかし、かなかなの声をしみじみ聴いたことはなかった。行くのがお盆だったから早すぎたのか、あるいは、鳴いても耳に入らなかったのか。

その後、――いわれたからかも知れないが、わたしは母の実家の夕暮れ時、裏山から響く夏の終わりの声を聴くことが出来た。《ああ……》と思った。母のところに走って行き、《かなかながが鳴いたよ》といった。遠い日のことだ。

かなかなは、うつろう時を感じさせる。それから始まる佐伯裕子《さえきゆうこ》の、この一首には、人を捉えて放さぬものがある。《かなかなや》とは、いや以下全てが、部分だけ見れば、あられもないものと思える。そのあられもなさが見事に統御され、全体としては、動かしようのない、きびしい必然の連なりになっている。人間という存在の姿が浮かぶ。

佐伯だから、そう出来る。《寂しい》は、彼女がよく使う語句だが、実に稀なことに、その言葉が感傷から遠い。魂の引き裂かれる苦しさを前にした時、彼女は、心をそこからやや高く置いて、《寂しい》という。それが、佐伯裕子なのだ。

彼女の祖父は、東京裁判により絞首刑となった。

■くびられし祖父よ菜の花は好きですか網戸を透きて没《い》り陽おわりぬ

■くびらるる祖父がやさしく抱きくれしわが遥かなる巣鴨プリズン

佐伯の随筆を読むと、彼女の使う《寂しい》の色がはっきり見えて来る。そういう色は、自然と歌にもにじみ出る。ここには最終形をあげたが、一度だけ佐伯は、《かなかなや》の歌の最後を《声のかなしさ》としたことがある。それを目にした時わたしは、乱れぬ姉がふと情を前面に出したのをかいま見たように、どきりとしてしまった。

行く《時》を思わせる、かなかな。中村節子《なかむらせつこ》の次の歌も、忘れ難い。

■ひとを待つ間に老いてしまふよと泣きたき日暮かなかな鳴けり

『川のほとりの桃の木の』（短歌新聞社）に、収められている。

女だから、男だから——ではない。感覚とは、性を越えた個人のものだろう。だが、小高賢《こだかけん》の『本所両国』（雁書館）中には、《多分おそらく老いのはてには完熟の恋のあるらん降りないぞまだ》という作もある。これは、男の歌だ。共に昭和十九年の生まれ。中村は十一月、一方、小高は七月の子である。

苑翠子《そのみどりこ》の歌とは、変わった巡り合い方をした。十年も前になる。子供の実力テストの問題が、霜山徳爾《しもやまとくじ》の文章だった。そこに、苑の、

▬火の毬をつきて遊びしつかのまの記憶わが掌に烙印となる

が引かれていたのだ。これを、子供が見せてくれた。

歌集を読んでみたい——と思った。だが書店にはない。直接、ご自宅にお電話し、残部がないか問い合わせ、《ありません》というお答えにがっかりした。それから年月を経、『ラワンデルの部屋』（不識書院）を入手することが出来た。あげた歌は、その中でも印象に残る一首。

寺山修司《てらやましゅうじ》は「鑑賞現代百人一首」中に、苑の、

▬「美しい身のこなし」の本売れるゆめ我は雌豹の檻を訪ふべし

を採った。

山中智恵子《やまなかちえこ》の『をんな百人一首』（市井社）中、現代歌人の席は三十一。苑は《言葉の魔薬たることをよく知っている》といわれ、次の歌を採られた。

■死せむ日の瞼に触るる葩《はな》のいろ母の花なる桐むらさきか

山中は、解説文に《夏とほし光悦茶屋の――》をも引き、《光悦茶屋を私は知らないが、このふっくらとした名の茶屋の氷水《かきごほり》は、くずし残すのがふさわしい。〈夏とほし〉とあれば、まだ春の終りの朧夜か》という。

無論、そうではなかろう。《発ち来しこと》という過去《も》、夏同様、去って《とほし》なのだ。今は、秋か冬になる。暑い日々のしるしである《氷水》を《くずし残し》たのは、本意ではない。そこに心残りがあるわけだ。これが、正しい解釈だろう。

だが山中は、さらに《歌の幻術によってそこに月さえ昇る。〈発ち来しことも〉のあえかにも明晰な結句がいい。人はどこへ発ったのか、ゆきてかえらぬ？》と疾駆する。さすがは山中智恵子――というしかない。ある種の人々は、何をいっても作品にしてしまう。その前で、《正しい》など、安い物差しに過ぎない。

しかしながら、正しいのはわたしだ。そのわたしも光悦茶屋で氷水を食べたことがない。京都の光悦寺の近くであることは、容易に想像出来る。いつかは……、と思いつつ、問い合わせたところ、《氷水は、数年前に扱うのを止めた》という。

失われた《時》の味覚は、実際、すでに失われていた。

ねえ夢に母さんがいたとおいとおいとおい日の母さんがいた　東　直子

吹くな風こころ因幡《いなば》にかへる夜《よ》は山川とほき母おもふ夜《よ》は　尾崎　翠

十四　遠い母

前回の佐伯裕子《さえきゆうこ》には、こういう歌もある。

■「母さん」と庭に呼ばれぬ青葉濃き頃はわたしも呼びたきものを

《今はこれまで》という苦しい時、男は《お母さん……》と口走ると聞いた。作者の胸中にそれと似た思いが、ふと湧いたという、母恋いの歌かと思っていた。

ところが、佐伯のエッセーを読むと、この歌の後に、若葉の《季節がめぐってくると、わたしは思わず、「お母さん」と呼んでみたくなる。自分が親である現実を忘れはてて、日が暮れるまで遊びほうけていたくなる。実際、わたしは、一駅も二駅も平気で歩きまわってしまう。／子供時代は、いとも簡単に無為の時間を過ごしていたのに、おとなになるにしたがって、時間は目的のために使われだす。もし、甘美な風が頬を撫ではじめたら、わたしはいつでも子供に戻るだろう。／わたしは、何度も生まれ変わりたいのである》と、書いてあった。

全く違う。母を恋うというより、子供になりたいわけだ。

読みは読者のものだから、作者が何といおうとかまわない。それが大原則だ。しかしながら、この場合は《青葉濃き頃》という言葉がある。なるほど、心弱った時の歌ではないだろう。

吉川英治《よしかわえいじ》に母の臨終記がある。いよいよとなり、母は《みんな仲よく暮すように》といった。吉川は母の耳元に口を寄せ、《仏陀は、きっとおっ母さんを極楽に迎えてくれますよ》。すると母は、《もう一言しか云えないような呼吸で》、

よけいな事をお云いでない。


叱られてしまった。娘も母も、息子や父よりしっかりしている。

ところで、東直子《ひがしなおこ》の『春原《すのはら》さんのリコーダー』（本阿弥書店）には、次のような歌がある。

■ははそはの母の話にまじる蟬　帽子のゴムをかむのはおよし

帽子は表裏が紅白の運動帽だろう。夏と同時に、《子供》という《季節》が浮かんで来る。叱られる背景に響くのは、油蟬の声ではないか。

冒頭の歌は、『現代の歌人１４０』（新書館）に（『愛を想う』以後）として、載っていたものだ。《ねえ》と呼びかける相手は誰か。母その人だろう。《とおい日の》、あるいは《とおいとおい日の》なら、自分が幼い頃の母を夢に見たのだ。しかし、作者は《とおいとおいとおい

日の》とまで重ねる。普通ではない。東だけでなく母親さえ生まれる前の、抽象的な聖母子像であった頃の、はるかな母のようにも思える。

東が、家族を歌った歌の中で、一読、戦慄したのは『耳うらの星』（幻戯書房）の次の一首だ。

■遠雷のような時代が波たちて海の名前の家族が笑う

時代が波立ち、全てが揺れる。《海の名前の家族》の週に一度と決められた刹那の笑いが響く。ここにあるのは、永遠と思えていた日常が――大道具が、崩れることへの不安感だ。『サザエさん』が、こんな歌になることに驚嘆する。

続けて置いた尾崎翠《おさきみどり》は、鳥取県に生まれた。文学に志し、上京。林芙美子《はやしふみこ》と同居することもあった。「第七官界彷徨」「こおろぎ嬢」などを発表。一部の人に鮮烈な印象を残したが、広く認められることはなかった。故郷に帰り、忘れられた作家となったが、昭和四十年代から作品が刊行され始め、死後、復活を果たし、全集も刊行された。

佐伯裕子は『生のうた死のうた』（禅文化研究所）中、彼女に一章を割いた。また、『ノスタルジア』（北冬舎）では、歌でこの人と心を通わせる。

■こおろぎ嬢とわたしの潜む図書館に片意地少女の系譜なつかし

■くしゃみするこおろぎ嬢は見えていてしかも誰にも見えない孤独

尾崎は、その短編「こおろぎ嬢」の結び近くに、こう書く。

> 私は、ねんじゅう、こおろぎなんかのことが気にかかりました。それ故、私は、年中何の役にも立たない事ばかし考えてしまいました。でも、こんな考えにだって、やはり、パンは要るんです。それ故、私は、年中電報で阿母を驚かさなければなりません。手紙や端書は面映ゆくて面倒臭いんです。阿母は田舎に住んでいます。

都での苦難と挫折の日々。東京と山陰との距離感は、今では想像も出来ないほど、圧倒的なものだ。母は遠く、故郷は遠い。

《こころ因幡》には、《こころ往《い》ぬ》《こころ往なば》といった気持ちがあるのだろう。その因幡に我が魂の帰る夜は――幾山河を越えた因幡にいる母を想う夜は、せめて風よ、吹いてはくれるな――と、こおろぎ嬢はいう。

美しい調べが、うわついたものにならず、素直に、しんしんと胸に滲みる。全集未収録作品を収めた『迷へる魂』稲垣眞美《いながきまさみ》編（筑摩書房）から採った。前に《春四月桜若葉のみなぎれるそらに音あり風しづかなる》があり、後にも《桜若葉》の歌が続く。となれば季節は春だ。しかし、桜時の風に《吹くな》では、あまりに月並みだろう。むしろ一首を抜き出し、冷涼な秋の気配と共に読みたくなる。

サブマリン山田久志のあふぎみる球のゆくへも大阪の空　吉岡生夫

三島死にし深秋《ふかあき》われは処女《をとめ》にて江夏豊に天命を見き　水原紫苑

十五　その秋

わたしは、中日ドラゴンズのファンではない。しかし、与田《よだ》――という剛球投手の名は記憶していた。そこで大辻隆弘《おおつじたかひろ》の次の歌を読んだ時、《中日ファンだったら、たまらないだろうな》と思った。

火達磨となりたる与田《よだ》がひざまづく草薙球場しんかんと昼

静岡県草薙という場所もいい。公式戦も行われる球場だが、オープン戦かも知れない。《しんかんと昼》に、その気配がある。与田が、他球団に移ってからのことども思えるが、何があろうと江夏豊《えなつゆたか》に似合うのが阪神タイガースのユニフォームであるように、与田剛《つよし》は中日の人だろう。

そして冒頭にあげたのも投手が打たれる歌だ。これについては以前、『詩歌の待ち伏せ　2』

（文春文庫）の中で、細かく語った。巨人と戦った阪急ブレーブスのエース、山田久志《やまだひさし》は《運命の一球》を持つ。昭和四十六年十月十五日、日本シリーズ第三戦、王貞治《おうさだはる》に投じたストレートだ。

かつて、それを観ていた人々の上にも、時は流れた。

■秋草にすわれば風がわたりをりこれだけの生これだけのこと

吉岡生夫《よしおかいくお》、『草食獣　隠棲篇』（青磁社）の歌だ。であるからこそ、過ぎ去った一瞬が、風の中で色濃い。

さて、わたしは昭和四十三年、《阪神ファンにでもなろうかな……》と思って野球を見始めた。すると、そこに入団二年目の、若き江夏豊がいた。四〇一奪三振の日本記録を作った年である。心を奪われた。これはもう運命というしかない。文字通り、勝利に躍り上がり、敗北にうちひしがれた。あの夏ほど熱く野球を観たことはなかった。あの頃の江夏は、人間を越えた《何か》だった。

かつて江夏がテレビに出た時、出演者の一人がミットとボールを出し、「お願いですから、一球だけ受けさせてください」といった。その人は座り、軽く投げる江夏の球を受けた。そして立ち上がった時、――涙ぐんでいた。気持ちは、抱き合いたいほどよく分かった。

ところで水原紫苑《みずはらしおん》の冒頭の歌には、数年前、出会った。調べてみると、水原が平成十四年の「文藝春秋」で「江夏豊よ永遠に」という対談をやっていることも分かった。

『牙　江夏豊とその時代』（講談社）の著者、後藤正治《ごとうまさはる》と語り合ったのである。そこで、この稿を書くにあたり、『牙』も読んでみた。村山実《むらやまみのる》、遠井吾郎《とおいごろう》、藤井栄治《ふじいえいじ》……。白黒のブラウン管の向こうに、あるいは神宮や後楽園で観た、その時代の選手が登場する。懐かしさに溺れてしまう。

　さまざまのエピソードが語られる中に、《江夏は大阪の歌が好きだ。お気に入りのひとつは、BOROの歌う『悲しい色やね』。ふと口ずさむときがある》とあり、びっくりした。『詩歌の待ち伏せ』で《サブマリン》の歌と山田久志について書いた時、わたしはよみうりホールで『悲しい色やね』を聞いたことから始めた。それが必然の入り方だった。そういうところにも、不思議な縁を感じた。

　対談で水原はいう。《江夏に目覚めたのは昭和四十五年ですから、小学五年生のときです。それから、江夏が登板すると必ず次の日は駅でスポーツ新聞を買うんです。(中略)九月、江夏が心臓発作を起こしましたね。あのとき、がっくりと膝をついている写真なんて、すごく記憶に残っています》。そして、十月十二日、ペナントレースを競り合っていた巨人との最終戦。江夏は、会心の外角低めを、次々にボールと判定され、崩れた。

　この秋の終わりの明るい日、十一月二十五日、別の出来事があった。水原の短編「銀河」に、こういう一節がある。

《黒いランドセルを背負って家の門の前にいた。私は小学校五年生だった。お腹が空いていた。早くおやつが食べたいと思い、私はベルを鳴らした。／いつものようにすぐ母が出て来た。だが、顔は青ざめて、目におそれがあった。／「お帰りなさい。今日は大変なことがあったのよ。」》

　小学五年生には、何事か意味が分からなかった。しかし後に、昭和四十五年の三島や江夏の像が重なる。

江夏に関していうなら、水原は、相手のある対談では普通に話している。文章であっても、抑制された常識的なものはある。だが、それらは『星の肉体』（深夜叢書社）に収められた「椿の崖」の一節に及ばない。


江夏は入団四年目すなわち私が好きになった年から心臓病が出たので、いつかマウンドで死んでしまうのではないかという甘美な期待があった。その前に二十七人連続奪三振の完全試合をやってもらいたかった。彼は太り、肘と肩を痛めて次第に三振が取れなくなり、リリーフ専門に転向した。とうとう死なずに引退して、たくさんの女の人と浮名を流したが、その後、覚醒剤使用で刑務所へ行ってしまった（平成七年出所）。離婚して一人でさびしかったのだという。何故さびしいのだ、私がいるのに。


同じ言葉を口に出せば、いい過ぎや冗談になるだろう。しかし、文章は不思議だ。水原の文字の列が生むのは恐ろしいほどの真実だ。

この歌が収められたのは、師春日井建《かすがいけん》への悼歌を含む『あかるたへ』（河出書房新社）である。水原が転生し少年となり、少年の春日井に会う世もあるのだろうか。

最後に二〇一二年の「短歌」四月号（角川学芸出版）から、水原の歌を引く。

■梓弓春にきみなく雀らがひたぶる若くパン食みにけり

ヨット一艘丸ごと洗ひたし十一月の洗濯日和どこまでも青　　青井　史

秋晴れに小躍るほどの洗濯好きああ妻はどこにも居らず　　黒崎善四郎

十六　仰ぐ空

■とほき世の石拳に負けて生れ来し鰧《おこぜ》は厭世の貌のままなり

青井史《あおいふみ》の『月の食卓』（短歌新聞社）にある歌だが、ふと池田澄子《いけだすみこ》の俳句《じゃんけんで負けて蛍に生まれたの》を思う。感触の違いが面白い。

青井には男の子がいる。親なら分かるのが、次の作。

■ハムの胴糸きりきりと巻かれゐてわが受験生に十月はじまる

あげたのは、『月の食卓』の巻頭歌。洗濯日和に《ヨット一艘》と来れば、空の青に海の青さまで加わるようだ。

一方の黒崎善四郎《くろさきぜんしろう》には、雑誌「現代短歌雁」の「わたしの代表歌」で出会った。

■朝にばか昼にばかばか夕さればばかばかばかと牛どん食らふ

あっと驚いてしまった。《朝にばか昼にばかばか夕さればばかばかばか》まで、何事か分からない。これを自選するのはどういう人かと興味を持った。『都会の隠者』（ながらみ書房）と『介護5　妻の青春』（角川書店）を読んだ。後者の歌は抜き出し、列記し、声をあげて読んだ。

わたしの言葉より、以下、それを出来るだけ多く引こう。

■花冷えに傘さしくれしをみなごは四十年前の和服のあなた
■楽しみはベッドになじむ妻見ればもう徘徊はあらずと知るとき
■楽しみはベッドの妻が食欲の起る食材を求めたるとき
■楽しみはベッドの妻が善ちゃんがそばに居ないと駄目なのといふとき
■楽しみはベッドの妻がいつまでも生きてゐたいと微《かす》かにいふとき
■楽しみはへそくりあるのとヘルパーが妻にし問へばうふふといふとき
■節分の豆さへも妻と忘れたりもう鬼などは恐くはないね
■記憶なきベッドの妻を見守れば雨降りやまずさみだれの音
■秋の猫叱れば妻が涙ぐむか弱き顔を始めて見たり
■ベッドの妻なれど女王のやうなれば医師もヘルパーもわれも従ふ
■願はくば妻臥すベッドに紐をつけあの町この町引きてゆきたし
■妻よああねむるベッドに口あけて面白き夢ひとりじめかな

■介護5のベッドに暮せど妻はなほわれを支ふる不思議な方です
■楽しみはベッドの妻に美保さんと呼べばハイと澄む声聞くとき
■楽しみはベッドの妻がヘルパーに美人と言はれて好い気になるとき

平成十六年十月十六日、妻永眠す

■期せずして妻が死にたり明け方の三時三分と医師の告ぐこゑ
■装ひし妻のなきがら車に乗す美保さんの家に帰りませうね
■数少なきわが処女歌集は柩《ひつぎ》の中妻との唱和の歌集なればこそ
■昨日の午後妻めづらかに手に触れしあれが別れの合図であつたか
■白河の妻の血筋は一人だに見えずと柩の妻に伝へる
■こんなにも軽くなつたね美保さんの骨壺を抱き斎場を出づ
■密葬の後にも妻の一族らはひとりだに来ず妻いさぎよし
■一族らをばつたばつたと縁を切り返り血浴びたる妻かもしれぬ
■家出して帰らぬごとき妻かもよ明日は只今と声がするかも
■ミヨといふのは妻にあらざるひとなればわれに関りなしと答へる
■さればこそ妻には二つの人生あり美保こそまことのいのちなりけり
■ミヨを捨て生れ変つた美保さんと暮してとても楽しかつたよ
■二人とも生れ変らむとする時に駆落ちのごときめぐり合ひかも
■妻もわれも心の傷の深ければ必死に二人はひとつになつた
■われに子のゐる夢なれや妻に似る娘いで来てわれの手を引く
■妻に似る娘蝶蝶のごとく来てわれのめぐりを泣きて走れる

■産みたくて産めずにこの世を妻去りぬ骨壺のみをわれに遺して
■あはははと笑へば妻もあはははと笑ひ合ひたる妻居らざるや
■引越の書物の山に疲れたり書物の上に夜を過ごすかな
■板橋区高島平の住民と三月一日に届けにおもむく

冒頭に引いたのは、平成十九年の『短歌年鑑』（角川学芸出版）にある歌。《東京にもこんなに綺麗な秋晴れがあるかと見ればあなたの忌日》に続く一首。

■五十年後　黒崎善四郎という名さえ墓さえ子孫さえ

の載った二十三年が最後となった。その年の歌。

■モナリザと妻の写真を並べるに誰が言うともこのままですよ

加賀をすぎ能登に出でゆく夜しぐれのま闇のなかの折口信夫

安永蕗子

かげろうは折口信夫　うす翅を　わが二の腕にふせて　雨聴く

穂積生萩

十七　雨

安永蕗子《やすながふきこ》は書家としても知られるが、またミステリを愛し、書評を書くほどであった。

■上下二巻、ダ・ヴィンチ・コード読み終へて四足ひそかに伸ぶと思へや

『天窓』（短歌研究社）を読んで、こういう一首に出会うと嬉しい。さて、冒頭の歌は、『冬麗』（短歌新聞社）から引いた。

冬の雨に打たれる——というのは、思っただけで心の芯まで冷え凍える。それが旅路のことで、場所が北陸となればなおさらだ。

折口信夫《おりくちしのぶ》は、いうまでもなく歌人釈迢空《しゃくちょうくう》。わたしの父の恩師である。我が家には『折口信夫全集』が並んでいた。わたしにとっては、幼い頃から目に親しい名前だった。

折口は、書く以上に語る人であり、また、旅する人であった。最新版『全集』の年譜によれ

ば、大正元年、愛する同性の若者伊勢清志《いせきよし》らと志摩熊野を旅した時には《山中で道に迷い、二日間絶食して彷徨》したという。

能登は、折口が生活を共にし養子とした、藤井春洋《ふじいはるみ》の生まれた地である。激戦の硫黄島から帰らなかった藤井のため、折口は能登一ノ宮の海近くに、墓を作った。昭和二十四年のことである。墓碑には、《もつとも苦しき たゝかひに 最《もつとも》くるしみ 死にたる むかしの陸軍中尉折口春洋 ならびにその 父 信夫 の墓》と刻んだ。

昭和二十八年九月三日、永眠。十二月十三日、藤井の墓に折口の遺骨が入った。

《加賀をすぎ能登に》は、何度も向かっている折口だ。この一首だけを抜き出すと、彼の旅の、いずれかの時を詠んだようだ。しかし、前には、こういう歌が続く。

■国境《くにざかひ》越えて来し目に釉を塗りし青の甍がつらつらと輝る
■降りいでし雨の韻きを聴くのみに見ぬ夜は寒し北陸しぐれ
■白山を越えて落ちくる寒しぐれ加賀十方の闇を叩くも

歌の中で旅しているのは、安永だ。熊本の人である彼女は、北の旅をよく題材とした。自分が、北陸の《夜しぐれのま闇》に出会った時、そこに浮かんで来たイメージが《折口信夫》なのだ。彼を見る、カメラの位置は離れている。

安永の、歌との出会いは五、六歳の頃。父の朗詠を、よく聞いた。《幼い私の耳にのこった》のは北原白秋《きたはらはくしゆう》の《君かへす朝の敷石さくさくと雪よ林檎の香のごとく降れ》。それは、《多分、「林檎」のせいであったろう》という。だが無論、意味など分からなくとも、全体の調べの快さもまた大きな理由だったろう。

白秋が、釈迢空を《黒衣の旅人》といったのは有名であり、安永自身、そのことに触れた文章も書いている。となれば、旅先の暗夜から折口を連想するのは自然だ。それにしても、《君かへす》雪の朝と《しぐれ》の夜では、明暗の差が著しい。しかし、『冬麗』の《折口信夫》の雨の歌に、実は雪の歌が続いているのだ。

■白鳥の羽咋《はくひ》の音もはりはりと雪の小骨を嚙みつつあらむ

羽咋は能登の地名。ここは、《はくちょうのはくいのおともはりはりと》と、《は》を続けて読むのだろう。《はくい》という音は《羽喰》に通じる。入り乱れるが、《羽咋の地の白鳥が、はくい、という響きのように羽に口を向ける》のだろうか。凄まじい寒気の中、嘴を動かし羽繕いすれば、凍りついた雪はまさに白い小骨となり、はりはり音を立てるだろう。

ここに、別な女人の歌が響いている——と思うのは無理だろうか。穂積生萩《ほづみなまはぎ》は『私の折口信夫』（講談社）で、女性を嫌悪した筈の折口に、近づくことがあったと語る。その結び近く、穂積は能登に行く。《羽咋の宿を出て、夕暮れ近い海を見ながら、私は恋人に会いに行くように、少し緊張し涙ぐんだりしながら、お墓を探し歩いた》。そして、墓の側の石を持ち帰る。「あとがき」では、自分の歌集『貧しい町』（白玉書房）に《折口信夫の骨を食べた歌がのっていた》と書く。これは世を驚かせた。

山折哲雄《やまおりてつお》は、死者への思いをこめての《「骨かみ」慣習》に関心を持っており、そこから『執深くあれ』（山折哲雄・穂積生萩　小学館）が生まれた。穂積はその中で、『貧しい町』にある、秋田県男鹿での《父の骨食べて　ようやく心足る。我れの父なり　我れの父なり》は事実だった――と語る。遠い昔にはあった、切実な習わしなのだ。

ただ、折口に関する《こりこりと乾きし音や　味もなき師のおん骨を食べたてまつる》の方は、差し障りがあるので、《あれはフィクションです、といっておきましょうか》とぼかす。「骨かみ」について調べている山折は、真偽を聞かねばならない。だが一般の読者が、そこにこだわる必要はない。確かなのは、穂積生萩が、覗きにくい暗い建物、折口信夫をうかがう窓のひとつだ――ということだ。

安永も、こういうものは読んでいたろう。少なくとも耳にはしていたろう。無論、《白鳥の》は、穂積のエピソードを説明した作ではない。だが、全てを咀嚼した安永は、闇の歌に続け、白い自然の中に《折口信夫》を溶かし込んだのではなかろうか。

冒頭の穂積の作は『松蟲』（ながらみ書房）から引いた。これもまた、雨と折口の歌だ。しかし安永に比べ、カメラの位置は、息を呑むほどに近い。この近さが、穂積なのだ。

これだけを見れば、おとなしげでさえある。だが、穂積は、続く歌で《うす羽かげろうあなたの前身《まえ》は蟻地獄》ともいうのだ。

三匹の子豚に実は夭折の父あり家を雪もて建てき　小池純代

悲しみて二月の海に来て見れば浪うち際を犬の歩ける　萩原朔太郎

十八　詩人の家

■そろそろと覚《さ》めてゆかむかこのわれは父の見し夢母の見しゆめ

この歌が、小池《こいけ》の第一歌集『雅族《がぞく》』（六法出版社）にある。白刃をひやりと頰に当てられたようだ。切れ味のいい歌——というより、切れ味のよ過ぎる人と思わせられる。《このわれは父の見し夢母の見しゆめ》は、甘く抱ける。それに対し《そろそろと覚めてゆかむか》と、泣きわめくことなくいえるのだ、この人は。ここに知の哀しみがある。

『梅園《うめぞの》』（思潮社）の、次の歌を続けて読むと、そういう思いは深くなる。

■わたくしといふわたくしをひとりづつたたきおこして生涯終はる

人は、眠っている《わたくし》を、我が内にせめて一人、残しておかなければ、生き難いものだろう。だからこその言葉だが、これは確かに《あはれあれ　明日《あす》を視《み》る吾《あ》は　吾《あ》を神が愛《あい》するほどは　吾《あ》を愛さざる》（『雅族』）という人の歌だ。回りくどくなるがしかし、自分に愛されぬ自己を、この人は深く愛しているのだと思う。

小池の冒頭の歌は『梅園』のものだが、読んだ瞬間に、胸を突かれた。

「そうか、三匹の子豚の父親は、芸術家だったのか」

と思った。レンガで、木で、あるいはワラで建てようと、それはこの世の家である。凍てつく北の果てに氷で家を作る人はいるかも知れぬ。だが、これは違う。《父》は、向こう三軒両隣、一般生活者のいる中に《雪》で家を建ててしまうのだ。現実という狼に《食われる》のは自明である。

この歌には思い出がある。穂村弘《ほむらひろし》さんとお会いした時、その《「酔ってるの？あたしが誰かわかってる？」「ブーフーウーのウーじゃないかな」》が話題になった。そこでわたしが、この歌をあげた。すると穂村さんは、即座にいった。

「いい歌だけど、《実は》はいわないほうが」

思ってもいなかったので、本当に驚いた。穂村さんの許可を得て、ここに記す。なるほど、それは歌全体が語っている。定型にこだわらず、《三匹の子豚に夭折の父あり家を雪もて建てき》とした方がよさそうだ。

しかしその後、小池の『梅園』を読むうちに、この作者にとって《いい》かどうかは、野暮な物差しと思えて来た。《籾《もみ》の実も／茂吉《もきち》の知己《ちき》も／百舌鳥《もず》の巣《す》も／木馬《もくば》も貘《ばく》も／戻《もど》れざれども》や《言葉《ことば》どこ　言葉《ことば》の場《ば》どこ／ここよここ／此処《ここ》よ来《こ》よここ言《こと》の葉《は》の牀《とこ》》の手つきを見れば、《実は》によるリズムの確保の方が、小池的必然なのだろう。

『梅園』に収められているのは短歌だけではない。

ながい話をつづめていへば
光源氏が生きて死ぬ

都々逸の典型、三・四、四・三、三・四・五だ。これなど、酒席で三味線と共に唄って完成するものだろう。

《家を雪もて建て》る父の歌を読み、わたしの胸に反射的に浮かんだのは、萩原朔太郎《はぎわらさくたろう》だった。最も優れた詩人はまた、無頼とは全く違った意味で、歯がゆいまでに駄目な《父》でもあった。そこで短歌を読んだが、不思議なほど心に残る作品が少ない。「秋思」という一連の冒頭、

■指さきに吸ひつく魚のこころよりつめたく秋は流れそめたり

が、ようやく、ページをめくる指に吸いついた。

■しののめのまだきに起きて人妻と汽車の窓よりみたるひるがほ

は、「夜汽車」の《有明のうすらあかりは／硝子戸に指のあとつめたく／(中略)／まだ山科は過ぎずや／空気まくらの口金をゆるめて／そつと息をぬいてみる女ごころ／ふと二人かなしさに身をすりよせ／しののめちかき汽車の窓より外をながむれば／ところもしらぬ山里に／

さも白く咲きてゐたるをだまきの花》を連想させる。

　だが、詩が一読忘れ難いのに比べ――などという前に、驚くべきことがある。これが、初出の「朱欒《ザンボア》」では四首連作になっていて、次のように続く。

■ふきあげの水のこぼれを命にてそよぎて咲けるひやしんすの花
■たちわかれひとつひとつに葉柳のしづくに濡れて行く俥かな
■きのふけふ心ひとつに咲くばかりろべりやばかりかなしきはなし

　途中から、ひょっとして――と思う。《たちわかれ》で、おいおい、といいたくなり、《ろべりやばかりかなしきはなし》でとどめを刺される。四つ重なってしまえば、動かしようがない。これらは、《百人一首》と《植物》のパッチワークではないか。後に行くほど分かりやすくなる仕掛けだ。逆にたどれば無論、元歌は《……暁ばかり憂きものはなし》《たちわかれいなば……》《……露を命にて……》だ。

　ならば一首目に返って《しののめのまだき》も、単なる《早朝》ではない。『百人一首』という鍵をさせば、《まだき》一語の裏から《恋すてふわが名はまだき立ちにけり人しれずこそ思ひそめしか》が響いて来る。だが、こちらの知の操作は、感銘に繋がらない。

　一方、冒頭にあげた犬の足は、ごく自然に二月の水に濡れている。この歌から《ぬすつと犬めが、くさつた波止場の月に吠えてゐる》や《ああ、どこまでも、どこまでも、／この見もしらぬ犬が私のあとをついてくる》や《「犬は病んでゐるの？　お母あさん。」》は遠くない。

ひら仮名は凄《すさま》じきかなはははははははは母死んだ
仙波龍英

ひとひらの雲が塔からはなれゆき世界がばらば　らになり始む
香川ヒサ

十九　崩壊の調べ

角川学芸出版の「短歌」平成二十四年七月号に、田中槐《たなかえんじゅ》のこういう歌がある。

■業平の名を奪ひて立つこの塔も（ＰＡＲＣＯ三基の次の）墓碑なり

そう詠まれるほどに、仙波龍英《せんばりゅうえい》の、

■夕照《せきしょう》はしづかに展《ひら》くこの谷のPARCO三基を墓碑となすまで

は決定的な代表歌となっており、年と共に《墓碑》のイメージを浮き立たせている。

だがわたしにとって最も鮮烈なのは、冒頭の歌だ。『墓地裏の花屋』（マガジンハウス）を開き《I　挽歌》のページをめくり、（享年七十二歳）と付されたこの一行にほとばしる鮮血を見た。第一章は、この一首だけだ。ここに言葉の遊びはない。《ひら仮名は》と《仮名》を漢字で入り、《凄じきかな》と荘重に進む。そこから、予告された通り、平仮名が並ぶ。十二字の長すぎる文字列を前にした時、読む者はとまどう。しかし、これは短歌だ。それ故、前には五・七がある。となれば調べに導かれ《はははは・はははははははは》と五・七に読むよう強いられる。耳には哄笑と響く。実際、仙波は、泣きながら笑ってもいるのだ。まことに、平仮名は凄まじい。胸を突いて出る言葉は、無論、《はは・はは・はは・はは・はは・はは》の筈だ。だがその《母母母母母母》を、韻律が真っ二つに引き裂く。これが歌の調べを選んだ仙波に落ちかかる宿命なのだ。仙波は、その韻律を憎むかのように最後の七を拒否し、《母死んだ》と五音を投げ出す。——何というドラマだろう。

仙波龍英は、早稲田大学で藤原龍一郎《ふじわらりゅういちろう》と出会い、作歌をすすめられた。藤原の「メモワール仙波龍英」によれば、若き仙波は氷《ひ》神《がみ》琴《こと》支《し》郎《ろう》と名乗っていた。《見せてくれた学生証にも「氷神琴支郎」という名が書かれてあったので、私はそれが本名だと思い込んでしまい、卒業するまで仙波龍英のことを「氷神さん」と呼び続けた》という。歌集でも彼は名を明かさない。だが、本名を付す形になっている『処女歌集の風景』（ながらみ書房）には《本名・仙波龍太》とある。となれば彼が忌避したのは《太》の一字だ。

仙波は、第一歌集『わたしは可愛い三月兎』（紫陽社）の《I　少年》の中で《'61／葉山・姉21歳と19歳、少年は9歳》《'63／横浜界隈・姉23、21歳、少年は11歳》《'65／田園調布5の37の2・姉25歳ローニン、23歳アソビニン、少年は13歳》と執拗に繰り返す。繰り返すうち、いつか年の差が縮まっているのではないかと思うように。そして、それが縮まらぬことを確認するように。さらにまた、母の違う姉までいることを知り、《さんにんも魔女がゐるかと少年は麦田のトンネルぬけゆき震ふ》と歌う。

歌から分かるのは、兎の王子が、女の子しかいなかった富裕な家に、両親の晩年の子として生まれたことだ。――仙波家の長男だ、跡取りだといわれることもあったろう。だが、同時に仙波は十歳以上離れた姉達を持つ末っ子でもあった。となれば、《龍太》の《太》を何故、嫌ったかは明白だ。彼は、太郎であることから目をそむけたのだ。

そんな仙波に話しかけた相手が、よりによって龍一郎だった。共に、昭和二十七年の生まれだ。おそらく藤原もまた、家の最初の男の子だろう。しかし、辰年生まれの長男が、全て龍一郎や龍一、龍太や龍太郎と名付けられるわけではない。藤原の名を知った時、仙波は因縁に慄えたに違いない。双龍の出会いを運命と思ったろう。氷神琴支郎という仮面の下に、短歌が手を伸ばして来たのだ。

仙波は、詩集にも評論集にも、題として《わたしは可愛い三月兎》を使っている。無論、『不思議の国のアリス』が響いているわけだ。仙波が生まれたのは、三月三十日だという。まことに念が入っている。早生まれで学校に入るのは、四月一日誕生までらしい。しかし、実際の感覚からいえば三月生まれが学年の末っ子だろう。確率からいえば、クラスに二、三人はいる。しかしながら仙波は、ほとんどの場合、その中でもさらに末っ子になった筈だ。普通なら、気にもならない。しかし、《英》を取り、《太》を捨て去った仙波には、それも必然と思えたろう。

■人生は一に健康二にお金三に愛情あとは泣くだけ

仙波は多くを失い、四十八歳で逝った。歌が残った。
さて、香川《かがわ》ヒサの作品には、独特な見方がある。

■手に持てる空缶捨つればコカ・コーラ飲みし身体取り残さるる
■一粒が落ちてたちまち雨の街ずつと前からさうだつたやうに
■なにもかも危なくなつて本当に危ないものが見えず安けし
■光もてあらしめられし世界ゆゑまばたき一つで世界消えなむ

その中で冒頭に引いた作もまた、短歌の調べが世界を引き裂く。一字空けの歌は世にいくつもあるが、これは忘れ難い。当たり前に書かれていれば誰もが《ばらばらになり始む》と普通に読み、そのまま通り過ぎるだろう。だが下の句の七・七の切れ目に置かれた空白で、言葉が裂かれる。切られてみれば、その調べが必然のものとなり、この世も裂かれる。

《ばらば》の響きが耳に残る。キリストが磔になる時、《この男か極悪人のバラバか、どちらかを許そう》と民衆にはかられる。人々が選んだのは、バラバだった。

べくべからべくべかりべしべきべけれすずかけ並木来る鼓笛隊　永井陽子

かなしみはカリ活用をおしえおるときふいにきてまたすぎにたり　村木道彦

二十　かなしみがよぎる

高野公彦《たかのきみひこ》は『わが秀歌鑑賞』（角川学芸出版）の中で、永田和宏《ながたかずひろ》の《退屈の亀を背負いて亀眠る呼盧呼盧《ころころ》戦駄利《せんだり》摩橙祇《まとうぎ》莎婆訶《そわか》》について、こう語る。《広隆寺に行つた時、『十三仏真言』といふ経本を買つた。（中略）この薬師如来の真言から「オン」を省略したのが右の歌の下句である》。

一方、『歌を愉しむ』（柊書房）では、小林幸子《こばやしゆきこ》の《溶けながらフォークダンスの輪が唱ふ〈まいまいまいまいまいむでさそ〉》について《面白そうな歌だと思うが、下句の〈まいまいまい……〉が何のことか私には分からない。注を付けて欲しかった》という。

読んで、嬉しくなってしまった。高野が当たり前のように語る《呼盧呼盧戦駄利摩橙祇莎婆訶》が分かる人など、千人に一人もいないだろう。しかし普通の日本人に《フォークダンス》といい《まいまいまいまいまいむ》といえば、かなり通じる筈だ。「マイム・マイム」は「オクラホマ・ミキサー」と並び、フォークダンスの場で耳にする最もポピュラーな曲なのだから。

読みが語るのは、かくのごとく読み手の個性である。一般性や妥当性が、先にあるものではない。――無論、時と場合により、そちらが優先されることもあるが。

さて、永井陽子《ながいようこ》の差し出す呪文、《べくべから……》もまた、《まいまい……》同様、学生時代を思い出させる。古典文法の授業で出て来る、助動詞「べし」の活用である。これを、教室で声に出し繰り返させられた人は多いだろう。教科書通りに記せば《べくべからべくべかりべしべきべかるべけれ》となる。そこから《べかる》を引くことにより、リズムが心地よいものとなる。《べしっ》は、叩く擬音語として普通にある。それに引きずられるせいか、活用の後に鼓笛隊といわれてしまえば魔法のように太鼓が響いて来る。だが、いわれる前にこの活用から鼓笛隊を思い浮かべることなど永井以外の誰にも出来ないだろう。

機知と《すずかけ並木》のせいで、印象はさわやかだ。狂騒的な響きにはならない。出会った瞬間につかまえられ、忘れられなくなる。永井の代表歌であり、教科書や選集などさまざまなところで、読み手に《ああ……》と思わせるべくたたずんでいる歌だ。となれば、この一首だけ見ていればいい、とも思う。だが、歌集ではどうなっているのか知りたくなるのも、人情だ。

永井には、《偏・つくり・脚・垂れ・構へ・冠とこゑあげて言ふ五月の空へ》という歌もある。似た響きだ。「部首索引」という一連中にある。前後を囲むのは《この重きこころゆだぬる者ありと告ぐるでもなし　海を見てゐる》と《あぢさゐも菖蒲も見ざるきのふ今日ただに雑事に追はれてゐたり》である。心は、明るくはない。花も紅葉もないのだ。

《べくべから》の歌を挟むのは、《空も地も樟の新芽のかげり帯びそぞろにひとの恋しき日なり》と《男ゐて「泣いた赤鬼」のものがたりつづけひすがら地は冷えてゆく》だ。一連の題は

「泣いた赤鬼」。わたしは小学生の時、初めて「泣いた赤鬼」を読み、何と嫌な話だろうと思った。赤鬼は自分を嫌う人間に近づきたいと願う。鬼としての誇りはどこにあるのか——と思った。人間を襲う演技をする青鬼の行為は、鬼という存在をおとしめるものだ。そうまでして人間に媚びる赤鬼に、たまらない嫌悪を感じた。素直にそう思ったのだから、仕方がない。永井は、《「赤鬼」のものがたりつづけ》る男をどう思っていたのだろう。聞いてみたい気がする。

■君がため空に描きたるものがたりむかしむかしのことにはあれど

　愚痴のいえなかった永井は、さまざまな思いを内に抱えた。《木魚にも羽根などあらばいそいそと父母《ちちはは》の霊に従ひゆかむ》《木魚とふ奇つ怪なものこれの世にあるかぎり頭を打たれつづくる》。そして、

■いちまいの雑巾なればわたくしは四つ折りにされてもしかたなし

　永井が自らをうさぎに譬《たと》えた歌の多くは読むのがつらい。そんな中で次の一首を前にすると、交差点のこちらから聞こえぬように「永井さん」と透明な声をかけたくなる。

■へんくつなうさぎが来るぞほよほよと昔の風の吹く交差点

　永井に次の歌があるのは、嬉しいことだ。

ひまはりのアンダルシアはとほけれどとほけれどアンダルシアのひまはり

絶対の明るさを前にし、ここでは《とほし》――と終わらない。《とほけれど》と逆接で、思いは返される。その瞬間、永井陽子の見る天を陽光、地をひまわりが覆う。

現代歌人文庫の『村木道彦歌集』は、遠い遠い昔、友が《いつか返してもらえればけっこうです》という手紙付きで送ってくれた。――いまだに返していない。塚本邦雄《つかもとくにお》や斎藤史《さいとうふみ》の名を、初めて聞いたのも、この友の口からだ。短歌の熱心な読者ではなかったわたしに、わざわざ、その本を送ってくれるほど、村木は読ませたくなる歌人だったのだ。

助動詞「べし」は形容詞型に活用する。いわゆるカリ活用の形だ。文法の授業の中でも、カリ活用のくだりは疑問と解決が快く連なる。教えていても楽しく、とても面白いところだ。しかし冒頭に引いた歌では、教壇に立つ若い教師の胸を、生徒たちには見えない《かなしみ》が、一瞬の音楽のようによぎる。

気の付かないほどの悲しみある日にはクロワッサンの空気をたべる　杉崎恒夫

この朝クロワッサンちぎりつつ今はどこなる一生の中のどこなる　髙瀬一誌

二十一　朝のクロワッサン

年号の覚え方で、一番有名なのは《いい国作ろう鎌倉幕府》だろう。だが、《みんな行く行くベルサイユ》も語調がよく、記憶に残りやすい。一九一九年、ベルサイユ条約が結ばれた。遠い昔である。杉崎恒夫《すぎざきつねお》はその年に生まれた。東京天文台に勤務。九十歳で生を終えたが、『パン屋のパンセ』にまとめられた歌は、どれもみずみずしい。

最初の歌で描かれているのは、朝の情景だろう。クロワッサンでは夕食には軽いから――という、現実的な意味だけではない。一日を過ごしてしまえば、人とも会い、あれやこれやがあり、心に色が着いてしまう。

前回、引いた永井《ながい》陽子《ようこ》に、次のような歌もある。

■左様然らば何分かくかくしかじかとひと日は過ぎてはや帰りなむ

律義に過ごした夕暮れの疲労感が、背に覆いかぶさる。

一日の果ての心が抱くのは、《気の付かないほどの悲しみ》ではないだろう。思いが透明な朝、まだ具体的な何事もない頃、ふと、存在することそのものの悲しみが、はるか遠くのひとかけらの雲のように感じられる。

そんな時、口に運ぶものとして、歯に柔らかな《クロワッサンの空気》が、まことにふさわしい。フランスパンの堅さでは、噛むのに、より意志的になってしまう。同じパンでも、そちらは次の歌に合う。《バゲットを一本抱いて帰るみちバゲットはほとんど祈りにちかい》。また、帰宅にぬくもりが重なると、こういう歌にもなる。《この夕べ抱えてかえる温かいパンはわたしの母かもしれない》。さて、永井の歌にあったような日常を髙瀬《たかせ》一誌《かずし》が歌うと、やりきれなさを越え、いかにも髙瀬らしい表現になる。

■どうもどうもしばらくしばらくとくり返すうち死んでしまいぬ

ふざけているのではない。髙瀬にいわれると、なるほど人生とはそのようなものだ、と思えてしまう。直線的とも思えないのに、しかしまっすぐに語られている。その調子が、この人独特のものだ。

髙瀬は、一九二九年の生まれ。杉﨑の十年後を生きた。《働いた手ではない　にくまれたこの手をあの世に持ってゆくのだな》と歌うが、多くの人に愛され頼られた、大きな人格であったように思える。「地球儀　永井陽子へ」という、追悼の思い深い一連がある。

■名古屋の「かみつきうさぎ」と自分で言って笑ったことも
■しかしいつまでも少女であれよと書いた手紙は出したことなし
■突然に電話をくれて大いなる地球儀買ったと声あり
■チューブ入りの朝食を摂るらしいしかしそれでは宇宙人になる
■「東京のおとうさん」と日記にありしかおとうさん怒りぬ

　なぜ逝ってしまったのか――と怒るのである。
　冒頭に引いたクロワッサンの歌は、限られた時を生きる我々の胸に、ふと去来するものだ。それだけに、似た感慨は何人かに歌われている。藤井《ふじい》常世《とこよ》の『繭の歳月』には《うつうつと青葉を洩るる日のひかり後半生のどのあたりなる》が、小原起久子《おはらきくこ》の『花喰い鳥』（行路文芸社）には《今生のいまどのあたり紫陽花のつゆの晴間を深む藍色》がある。この思いの代表歌は、おそらく桑原正紀《くわはらまさき》『月下の譜』（雁書館）中の、

■いま我《よ》は生のどのあたり　とある日の日暮里に見し脚のなき虹

　であろう。だが髙瀬の、朝のクロワッサンを手にしてのつぶやきも、また忘れ難い。髙瀬の声は、耳に残る。

■吊るす前からさみしきかたちになるなよおまえトレンチコート
■うたうように歩いて来るのが夫ですと説明してから妻が手をふる

『髙瀬一誌全歌集』(短歌人会)の帯に寄せた、小池光《こいけひかる》の文章が、さすがに素晴らしい。

「定型」でないが「自由律」でもない、不安定の中のふしぎな安定。人間社会の喜怒哀楽をまったく独自なスタイルに刻みあげ、風刺、ユーモア、悲哀、そして諦念のまぎれなさ。都会人のシャイなおもかげの中に、つらぬき通した短歌へのふかい愛を忘れまい。四冊の既刊歌集に加え、歌集未収録歌多数を加え、歌人髙瀬一誌の全仕事ここに定まる。

これ以上、何をいうことがあろう。最後に髙瀬と杉崎の《時》を題材にした歌をあげる。髙瀬一誌。

■食卓塩ふっているのはひたすら時間をふっているにあらずや

そして、杉崎恒夫。

■「時間」があそんでいるよ　くずかごに撚りをもどしていくセロファン紙

路地ゆけばそこのみ明るきさびしさの月下美人と古書店ひらく　天草季紅

われ死なば多分あそこにかがやかむ三省堂書店の上あたり　荻原裕幸

二十二　死と生と書店

小学生の頃、学校の図書室にあった『保元・平治物語』を借りた。無論、子供向きに書き直されたものだ。そこに出て来る源朝長が、強く印象に残った。源氏を率いる源義朝の子。兄が豪勇無双で悪源太といわれた義平、弟が頼朝だ。この少年のことは、わたしの「山眠る」という作品の中にも書いた。大人の本——というか、原典では『平治物語』に出て来る。伝本によって違うが、父義朝とのやり取りが心を打つ。金刀《こと》比羅《ひら》宮《ぐう》蔵本を定本とした、ほるぷ出版の日下力校注本によってみる。

合戦に敗れ、落ち行く途中、弟の頼朝がはぐれると父は《頼朝に別れぬるこそ悲しけれ》といい、《生きて何かせむ》と自害しようとする。家来達が止め、一行は美濃国青墓の宿までやって来る。義朝はそこで《朝長は信濃へ下り、甲斐・信濃の源氏どもを催して上るべし》と命ずる。無理難題だ。朝長は信濃がどちらかも分からぬまま、一人、雪の伊吹山を歩き出す。しかし、合戦で射抜かれた腿の傷が、たまらなく痛む。命令を果たせず戻ってきた少年に、父はいう。《あはれ不覚なる者かな。頼朝は幼くとも、かやうにはあらじものを》。敵の手にかかるより、いっそ一思いに――といわれ、朝長は答える。

御手に掛かりまゐらせん事こそ、かしこまつて候へ。

古典には様々な悲劇の原型があり、素朴な形がそのまま胸に飛び込む。ここにあるのは、愛の深浅をめぐる悲劇だ。この後になって、ようやく、朝長を手にかけようとする父の悲しみが描かれる。愛されぬ子が死を代償にしてそれを得た――という感が強い。

謡曲『朝長』にも《末に伊吹の山風の　不破の関路を過ぎ行き　青墓の宿に着きにけり　青墓の宿に着きにけり》とある。謡曲中の朝長は、父によってではなく《自害し果て給ひたる》となっているが、とにかく、その独特の響きを持つ地名は、この少年の最期と重なり、忘れ難い。

そして、天草季紅《あまくさきこう》に歌集『青墓』（ながらみ書房）がある。後記に《一昨年、母を亡くし、歌集を編むことを思い立った》。《街道の宿名を借りて書名を「青墓」としたゆえん》は《人は人が死ぬとき自分も死ぬ。そして生きかえるとき、死者もまた死者として生きかえる。その混濁の地点を潜ることがわたしには必要だったのだと思う》ところにあるという。

『朝長』から響くものはそこにはなかろう。だが、少なくともわたしの場合、子供の頃に読んだ源氏の少年の面影が『青墓』を手に取らせた。それも表現と読む者の間に起こる不思議である。

この歌集にある、幾つもの、この世との別れに関する歌は、様々な形で身に迫る。ひたひたと。

■十二月二十八日雪ふりしきる夜のこと逝く人ありて生れし子もある

我がために置かれているようで、はっとする。これまた、他の読み手とは違う感慨である。実はこの日、十二月二十八日こそ、わたしの誕生日なのだ。

最初に置いた歌もまた、個人的には学生時代の思い出と重なる。その頃、毎日のようにやっていたのが、仲間との古書店巡りだ。大田美和《おおたみわ》に《買った本を獲物のように見せに来る私の愛した男はみんな》という歌がある。一読、《分かる分かる》と手を拍《う》つのは、自分にそういう日々があったからだ。『古書店地図帖』を手に、東京の各地を回った。暗い路地の古書店は、わたしにとって、まさに懐かしい眺めだ。いつまでも続くと思っていた日々だった。しかし過ぎてみれば、一夜の月下美人にも似ている。

冒頭の歌の《路地》にある店は、幾多の魂を収めた本の置かれる古書店だ。逝った人の言葉も、読んだ人のうちでまた生まれる。本は、覚めるために眠っている。

天草季紅にはまた、『遠き声　小中英之《こなかひでゆき》』（砂子屋書房）という、共感と深い読みから生まれた果実がある。小中の歌を読む時、『小中英之全歌集』（同）と共に欠かせない本である。得るところは大きい。

わたしのような、小中について知らない者が重箱の隅をつつくのはどうかと思う。だが、ただ一点、この中の「死と自然と韻律」には、小中の歌《遊びたるひとつ水雷艦長に幼きこゑをのこし、まばゆし》について《遊んでいるのは幼い日の「わたし」なのだが、その声は「わたし」の声であると同時に、「水雷艦長」に別れを告げて出撃した、若き学徒兵の声でもあるようにきこえてくる。その彼方に拡がる殺戮の闇が「幼きこゑ」をいつまでも消えることのない響きとして輝かせている》と書かれている。

《水雷艦長に幼きこゑをのこし》を、役職としての水雷艦長に若い兵が別れを告げるイメージと解釈している。それは小中的ではなかろう。小中がいっているのは《鬼ごっこ》《隠れんぼ》《警泥《けいどろ》》などと同列の、子供の遊び《水雷艦長《すいらいかんちょう》》だ。昔の男子には、普通に通じた言葉である。水雷艦長遊びに興じた幼い声が、まばゆく浮かぶ。《缶けり》すら知らない今の若者が読むとも考え、書き添える気になった。繰り返すが『遠き声』が、優れた小中論だからこそ記すのである。

さて、荻原裕幸《おぎはらひろゆき》に知られた歌は多い。だが、書店がわたしにとって子供の頃から特別なところだったことを思う時、初めにあげた一首が浮かんで来る。まただまた《分かる》と思ってしまうのだ。

この場合の《三省堂書店》は本店だろう。ひとつの店というより、多くの古書店、新刊書店が並ぶ神保町の代名詞としてあげられているに違いない。あれだけ本の店があるのだ。とりあえず、どこか指名してもらわなければ、《われ》も《かがや》く場所に困ってしまう。

わが店の書棚の前に宮柊二古書撰りいます有り得ることか

「漢の武帝の天漢二年秋九月」諳じてゐる小説冒頭

金坂吉晃

宮　柊二

二十三　本と人

書店――といえば、すぐに思い浮かぶのが冒頭の一首。『出版人の萬葉集』中にある。本を、歌を、言葉を愛する古書店主の日常に起こった奇跡だ。

日本中に本屋はどれだけあるだろう。だが、まさに今、ほかでもない自分の店に、限りない尊敬の対象であるその人が来ている。我が店の書棚の前に立ち、その手を伸ばし、本を取り、開いている。《撰りいます》という必然の敬語。《有り得ることか》という戦慄に近い胸の高鳴りが、音楽でいえば全楽器で奏されるクライマックスのようだ。敬意が、美しいものであることを見せてくれる歌だ。

宮柊二《みやしゅうじ》は、戦後歌壇を代表する一人。『山西省』（古径社）の、大陸における戦争体験を歌った作は、読む者の声を奪う。

■おそらくは知らるるなけむ一兵《いっぺい》の生きの有様《ありざま》をまつぶさに遂げむ

■ねむりをる体の上を夜の獣《けもの》穢れてとほれり通らしめつつ
■ひきよせて寄り添ふごとく刺ししかば声も立てなくくづをれて伏す
■耳を切りしヴァン・ゴッホを思ひ孤独を思ひ戦争と個人をおもひて眠らず

その宮柊二の、本に関する歌を初めにあげた。

限られた詩形である短歌の場合、引用した部分について詳しく説明されることはない。植村玲子《うえむられいこ》の『拝んであげる』（ながらみ書房）には、

■イエス泣くといふ件《くだり》ヨハネ福音書十一章三五節

という一首がある。歌集の前後を見ても、どういうことが起こったのか、なぜイエスが泣いたのか、分からない。そこで新約聖書を開くことになる。《イエス涙をながし給ふ》——ベタニアのラザロの死をキリストが知った場面であった。三十四節《『かれを何処に置きしか』彼ら言ふ『主よ、来りて見給へ』》、三十六節《爰《ここ》にユダヤ人ら言ふ『視よ、いかばかり彼を愛せしぞや』》。すでにラザロは死後四日を経ていた。そしてイエスは、ラザロを生き返らせる。復活の奇跡である。


歌集の離れたところに《さだ子さん待つてをれよと独語するさだ子さんを子等の誰も知らざる》《ひと逝きて十日を経たりぢぢさまの在らぬ空間になほ慣れきれず》《再び読む溺死せし娘《こ》を慟哭せるヴィクトルユゴーの神への手紙》などの歌がある。

《ヨハネ福音書十一章三五節》についての思いは、確かにある。しかし例えば、老境に達した

時、次第に自分の側から去って行く人々への思い——などと簡単にはまとめられない。まとめられないから歌にする。歌ならこう書くしかない。

さて、宮の、本に関するこの歌は、『現代短歌の鑑賞101』小高賢編著（新書館）で知った。その隣には、

も、並んでいた。

■雨の夜を群書類従第二百十七巻をひとり読みゆく

『群書類従』は塙保己一《はなわほきいち》が中心となって編纂した、日本の古書の一大叢書。国史大辞典によれば正編千二百七十六種、続編二千百二十八種の文献を収める。書棚にこれのある家は少ないだろう。我が家には、父の買った活字本数冊がある。だが、《二百十七巻》を収めたものはなかった。

気になったが、近くの図書館にもない。そこで——思い当たった。我が母校埼玉県立春日部高校は旧制中学以来の歴史があり、学校図書館の書庫には普通の図書館にはない『群書類従』まで揃っていた。この手に取り、あちこち見ていたので、これは確かな話だ。

連絡を取り《卒業生で旧職員ですが》というと、《お見せしてもいい》というご返事。早速うかがうと、親切な司書さんが本を出してくれた。明治三十七年二月発行の経済雑誌社版である。それを見て、《雨の夜》、宮が《ひとり読》んでいたのは、西行法師の『御裳濯河歌合《みもすそがわうたあわせ》』『宮河歌合』だと分かった。

これらの《歌合》は、現在、小学館の『新編日本古典文学全集49　中世和歌集』で簡単に読

むことが出来る。宮には、西行についてのまとまった仕事がある。なるほど、そうであったかと頷き、あらためて歌を味わえた。

一方、最初に引いた歌はどうか。こちらの出典は、すぐに分かる。「漢の武帝の天漢二年秋九月」は、以下、こう続く。

騎都尉《きとい》・李陵《りりよう》は歩卒五千を率い、辺塞遮虜鄣《へんさいしやりよしよう》を発して北へ向った。阿爾泰《アルタイ》山脈の東南端が戈壁《ゴビ》沙漠に没せんとする辺《あたり》の磽确《こうかく》たる丘陵地帯を縫って北行すること三十日。朔風《さくふう》は戎衣《じゆうい》を吹いて寒く、如何にも万里孤軍来るの感が深い。

中島敦の代表作のひとつ、『李陵』である。『漢書李陵伝』によるものという。歴史の中で翻弄された主人公の、どう動かしようもない生き方と孤絶が語られる。苛酷な運命と人間の物語だ。

歌集『獨石馬《どくせきば》』(白玉書房)を開けば、これは「断念」という題の六首のひとつだ。前後を次の二首にはさまれている。

■若くわが遭ひこし中にありたりき断念といふその悲しみも
■ありし世の歴史のうへに定まりて言ひがたきかな人の悲しみ

敗者復活戦といいて立ちゆくいまひとたびを死なねばならぬ
小原起久子

誤植あり。中野駅徒歩十二年。それでいいかもしれないけれど
大松達知

二十四　生きていると疲れる

■充実に浸りてまこと孤独なりヘッドホーンにマーラー聴くは

小原起久子《おはらきくこ》の『花喰い鳥』にある歌だ。なるほど、これはマーラーでなければならない。単に悲曲ということではない。歌曲はともかく、交響曲の場合、最弱音から轟き渡る大音量まで幅が極端なのだ、マーラーは。要するに、ヘッドホーン向きではない。それをスピーカーでは聴かない――あるいは聴けない。そういうところが、なるほど《充実に浸りてまこと孤独》と思える。

■とりかえしつかぬ一生をうかつにも咲いてしまった冬薔薇

■いかに生くべき　さしあたり雪道に転んで魂おとさぬように

■人嫌いというて入りたる映画館のスクリーンに大写しの顔

日常のひとこまが、知的なハサミで切り取られる。せっぱつまっていたらつら過ぎるが、《やれやれ》と嘆息するだけの距離感がある。

冒頭に引いた一首など、《なるほど》と思ってしまう。《どうせ駄目なのだから》と逃げたくはないし、逃げられもしない。《いまひとたびを死なねばならぬ》と知りつつ、立ち向かうしかない。――《そんなことって、あるよなあ》という歌だ。

大松達知《おおまつたつはる》の作は『アスタリスク』（六花書林）から引いた。

誤植は、製作者側からすれば心に食い入る痛恨の傷だ。『出版人の萬葉集』（日本エディタースクール出版部）には、次のような歌が載っている。《手がけたるはじめての書表現を表限とせし誤植にがくまつはる》東二三子《あずまふみこ》、そして、《「校正の赤は血色」と部下言へりその比喩ひとつ抱きて帰る》武田弘之《たけだひろゆき》。さらには、やり切れぬ思いの蓄積を背景として、《赤きペンかたく握れどただし得ぬながかりしわが生の誤植よ》只野幸雄《ただのゆきお》――と。

しかし、読む側からすると、たくらんでは出来ない不思議な言葉の連なりに頬のゆるむこともある。

《誤植あり。中野駅徒歩十二年。》に続く、《それでいいかもしれないけれど》が絶妙。《それでいい》わけがないところを、《いいかもしれない》と曖昧微妙に繋げ、さらに《けれど……》と迷ってみせる。

くたくたに疲れ職場を出て最寄り駅まで来る。さて、と憩いの我が家に向かう。十二年の旅の末、ようやくたどり着く。風呂に入り夕食を食べ、あるいは夕食を食べ風呂に入り、やっと床に就く。朝起きたら――また十二年かけて、今度は駅に向かう。仕事が待っている。

笑ってしまうが、実際、日常とはこんなものかも知れない。そう思うと、怖くもなる。単純にとぼけているわけではない。この味わいが、いかにも大松らしい。以下、あちらこちらから引く。

■台風のため早帰りさせるとき狂喜乱舞といふさまはあり

大松は中学校の教師なのだ。「今日は台風だから、二時間で終わり」などといった時、後に続く「寄り道しないで帰るように」は、たちまち歓声にかき消される。外には不穏な空模様、だが内では手の舞い足の踏むところを知らず。女子でも喜ぶだろうが、これは《男子》に違いない。《少年》を歌った名歌は多く、時に植物的であるが、こちらは紛れもなく動物だ。「男子って馬鹿だよねー」という、女子の声が聞こえてきそうだ。

生徒を題材にした大松の作は、時にその率直さにどきりとさせられる。その目は当然、自分にも向かう。

■さういへばなどと授業を中断し予定どほりの余談に入りぬ
■一クラスごとにととのひゆく余談　笑はせるとは騙《かた》るにも似て

この目が妻に向くと、結婚前から《かへりみちひとりラーメン食ふことをたのしみとして君とわかれき》という作のある大松らしい歌が並ぶ。

《あなたには（くつしたなどの干し方に）愛が足らぬと妻はときに言ふ》。だが誠心誠意、全身全霊をあげて向かうばかりが愛ではない。《ぬひぐるみ通して妻に奏上す　新聞のひろげっぱなしは困る》。角が立たぬよう、ぬいぐるみを顔の前に出し、作り声でいっているのが聞こえるようだ。そこに壊したくないものがある。しかしながら、恐妻家の歌ではない。《あるときに一喝されてそれ以来大きい方を妻に与へる》。秤の片方に《一喝されて》を置けば片方には《与へる》を配する。まことに、したたかなのだ、この人は。この場合は、決して奉らない。

■白き犬われに甘ゆる夢見しと告げれば妻はひどくこだはる

身近な者からすれば、この頭で何を考えているのか——と、時に不安になるかも知れない。だが大丈夫、こういう人の愛は、実は揺るがない。信じられる。

では歌は——といえば、犬の姿が出て来たところでたとえれば、ごく近くに来て、なめているのかなと思うと、いつの間にか嚙んでいる。そういうところがある。要するに、油断がならないのだ。

〈あなべるりゐ〉ふと呟いて救われてゐる夏越《なごし》の渚波かへるとき

樋口　覚

思ひ出づる女人えいふくもんゐんの真萩の歌よ通勤車中

高野公彦

二十五　思ひ出づる女人

——いつの日か、白い馬に乗った王子様がやって来て……。

という決まり文句で、女の子の夢が語られたりする。しかし、地に足のつかないロマンを抱き続けるのは、実は男の方ではないか。脇で、それを見ている女が《しょうがない人だねえ》と嘆くのである。

世界の夢想家中、代表的な人物についての物語の初めには、こう書いてある。

かくて鎧の掃除もすみ、鉄兜も面つき兜となり、痩せ馬に名もつければ、己の改名もすんでみると、今はただ愛をささげる貴婦人を探す以外には不足な点はないということに気づいた。なぜかといえば、およそ恋愛のない遍歴騎士などというものは、葉や果実のない樹木か魂のない五体にも等しいものだったからである。(会田《あいだ》由《ゆう》訳)

馬の名はロシナンテ、この人物こそいうまでもなく、ドン・キホーテ・デ・ラ・マンチャだ。恋愛小説を書くために、まず恋愛しなくてはと立ち上がる私小説家のように、必要に迫られた彼は——頭の中で——田舎娘アルドンサを、思い姫ドゥルシネーアと決めてしまう。

三度の食事を共にする地上の相手ではなく、男がその胸に抱く、理想化された女性像——というのはある。ダンテの《ベアトリーチェ》などが代表的だろう。モデルがいようと、書き手の詩心という触媒があれば、《彼女》は現実を越えた輝きを見せてしまう。

ただの結晶化作用なら、この世の恋愛でも普通に起こる。要するに、あばたもえくぼ。しかしベアトリーチェのように、本体を越え、もうひとつの像を作り出すのは、次元の違う作用だ。そして作り手は、非現実の存在だからこそ心置きなく寄りかかれる。

アーネスト・ダウスンが、《われはわれとてひとすぢに恋ひわたりたる君なれば（矢野峰人《やのほうじん》訳）》といった《シナラ》もそうだ。そして、エドガー・アラン・ポーの、天使もうらやむ恋の相手、海辺の墓に眠る少女——《アナベル・リー》もまた。

わたしは半世紀近く前、大学でミステリ・クラブに入った。大先輩が来て、昔のことを語った。

「何人か集まると、例えば、ポーの詩を、それぞれ訳してみよう——となる。すると一人が、《むかし昔のそのむかし　海のほとりのある国に　アナベル・リーちゃんあったとさ》とやった。——そんな猛者《もさ》がいたものだ」

猛者の名は、聞いたかも知れない。だが、覚えていない。それでも、——ポーの詩に《アナベル・リーちゃん》は凄いな。

と、驚嘆したものだ。原文はこうなっている。

It was many and many a year ago,
In a kingdom by the sea,
That a maiden there lived whom you may know
By the name of ANNABEL LEE;

「アナベル・リー」は一度、原語の朗読を聞いたことがある。抑揚のない淡々としたものだった。

さて、冒頭にあげた二首には、ともに『出版人の萬葉集』で出会った。見ると同時に心に残った。分かる分かる——と思う歌だ。

樋口覚《ひぐちさとる》はさまざまな本を出している。著作リストを見ると、あれもこれも樋口の本だったのかと驚く。

その樋口が《二十代を終えたところで》まとめた歌集『海の宿り』（七月堂）にあるのが、引いた歌だ。『処女歌集の風景』（ながらみ書房）中の、当時を回想する文章によれば《一冊の歌集をもつことは、一冊の詩集をもつことよりもはるかに崇高で、貴いような気がし、また評論集などを出すことより大事なことに思えた》という。

六月三十日——旧暦では夏の最後の日に行われるのが、夏越《なごし》の祓《はらえ》。新暦の今では、「もう秋……」という感じがしない。だが、樋口の歌には、秋の気配が漂う。というより、本来の「夏が終わる……」という感覚がある。

場所は《渚》。百人一首で《ならの小川の夕暮はみそぎぞ——》というように、夏越の祓

――水で身を清める、夏越――水という繋がりがある。無論、《なごし》から《なぎさ》、そして《なみ》と連なる《な》の響きもある。かくして、所は海辺となり、季節の終わりの海鳴りが聞こえ、そして、《アナベル・リー》が呼び起こされる。

一方、高野《たかの》公彦《きみひこ》の作に現れるのは、鎌倉から南北朝対立時代にかけての人、永福門院の代表歌。――《真萩散る庭の秋風身にしみて夕日の影ぞ壁に消えゆく》。《影》は古語では《光》の意味でもある。星影や月影は、星の光、月の光だ。

――秋風吹く庭に、萩の花が散る。時が動くにつれ、壁にうつる夕日の光が薄らいで行く。

通勤電車が空いていることは、普通、あり得ない。楽ではない。その時間帯で行く限り、毎日、混み合う中に身を置かねばならない。背中を押され肩を押される時、ふと、この《真萩の歌》が――薄れ行く《夕日の影》が心をよぎる。となれば、炎熱の中をひた走る電車の中で、来たらん秋を思う歌のような気もする。

歌の力がいうまでもなく前提条件ではある。しかし、ここで高野は、作者を《女人》と書き、名前も平仮名で《えいふくもんゐん》と記している。これが男の歌であったら、満員電車という現実に――日常に、対置されることはなかったのだ。

もろともに秋の滑車に汲みあぐるよきことばよきむかしの月夜《つくよ》

今野寿美

吉行淳之介『目玉』読後

かくのごと綴られてゆくよろこびのこゑいかばかりわたしが言葉ならば

西村美佐子

二十六 ことば

現代教養文庫に『日本の菓子』という本があった。小学生から中学生時代にかけて、わたしの愛読書だった。繰り返し開き、菓子を食べるように読んだ。

その中に《秋色《しゅうしき》もなか》という、東京の菓子のことも出ていた。秋を思わせる、季節感に富んだ最中——ではない。説明に、《秋色とは、其角《きかく》の弟子、元禄時代の女流俳人秋色女のことである。（中略）「井の端の桜あぶなし酒の酔」の句があり、その句碑は上野公園内に現存している》とあった。

老舗の菓子屋の娘で、その俳名が最中に残ったわけだ。これを読んでいたから、テレビで上野公園の紹介番組を見ていた時も、秋色桜の話になると《井の端の……》の句が、すらりと口から出た。

もっとも、『新編日本古典文学全集72　近世俳句俳文集』（小学館）には《井戸ばたの……》

として出ている。さらに、《生前の書にはこの句は見られないので、後世の人が秋色の奉納した桜に付会して作った句とも考えられる》という注釈がついている。

同じような注は、千代女の項にもある。《嫁に行ったとき作ったという「しぶかろかしらねど柿のはつちぎり」や、夫が死んだときの「起きてみつ寝てみつ蚊帳《かや》の広さかな」、子を死なせたときの「蜻蛉《とんぼ》つり今日はどこまで行つたやら」などの句のほか、「ほとゝぎす〳〵とて明けにけり」も千代女の作句の苦労を示す句として有名であるが、それらはいずれも伝説的なものか、誤伝によるものと思われ、千代女の作とはいいきれない》そうだ。小さい頃から、子供の本で読み、落語で聞き、親しんで来た加賀の千代の姿が、たちまち揺らいでしまう。こういわれたら、落語もやりにくくなるだろう。現実とは味気ないものだ。

いかにもその人らしいエピソードが、実は作られたものであったりもする。《あの人ならやりかねない》が、《やった》になってしまう。夏目漱石、古今亭志ん生、ガッツ石松などなどに、見事過ぎて感心してしまう例もある。歴史上の人物の多くが自分について書かれているものを読んだら、《俺、そんなこと、いってないよ。やってないよ》と、いい出すかも知れない。そうなると、人物伝の花がしぼむ。知らぬが花の吉野山だ。

では千代女の、最も知られた句、《朝顔に釣瓶《つるべ》とられてもらひ水》はどうか。——大丈夫、大丈夫、これは『千代尼句集』にある、と知ると、何となくほっとする。

そこで思う。人々に愛されて来た、秋色の句にも千代女の句にも、井戸が出て来るな——と。井戸端会議、などという言葉は死語だろう。今時の奥様方はファミレスで話すのかも知れない。だが、わたしには、昔の会議がイメージ出来る。

わたしが小学校低学年の頃まで、我が家は井戸の水を使って生活していた。何軒か共同の井戸があり、そこから汲んで来る。うちの父はやかましかったから、飲料水としては必ず一度沸かしたものを使った。洗濯場が井戸の側にあった。これなら確かに、会議場となり得る。だがそれでも、さすがにポンプ式の井戸だった。柄の部分はあっても、《釣瓶》はなかった。千葉県の母の実家まで行くと、釣瓶の井戸が残っていて、それで風呂の水を汲んだ。昔風で面白かった。

水は生活に欠かせぬもの、命を支えるものだ。最初にあげたのは『星刈り』（砂子屋書房）にある今野寿美《こんのすみ》の歌。井戸の車が回り、桶が上がって来る。小さな水の面が輝く。実景かどうかはさておき、とにかく今も月夜なのだろう。同時に、昔の名月の光をも汲む気がする。それは即ち、昔から今に繋がる詩心を、《よきことば》を汲みあげることでもある。《よき、よき、よき……》は、夜に鳴る滑車の音でもある。

次に引くのは、『鳥彦』（雁書館）の歌。釣瓶をあやつる人から、やや離れて、こういう父子がいるのではないか。

■虫の音を言ひゐし父と子の声のそよそよやがて長き夜となる

言葉についての歌では、西村美佐子《にしむらみさこ》の初めに引いた一首も忘れ難い。きわめて、個性的だ。西村が読んだという『目玉』は吉行淳之介のエッセー。こう始まる。

ある文学賞の授賞式に出かけた。都心の大きなホテルに会場があって、入口のところで出席者名簿に署名をしていた。筆を持って机の上にかがみこんでいると、いきなり大きなものが被《かぶ》さってきて、私の頸《くび》を両側から締めてきた。

「こいつめ、こいつめ」

という声が、耳もとでひびいた。


誰かの文章を《好きだ》とか《うまい》とか、いうことは普通にある。だが、わたしが《言葉》であったなら、そして《かくのごと綴られ》たなら……とは、なかなかいえない。もしそうだったら……と仮定しつつも、こう歌った瞬間、作者はほとんど吉行の《言葉》になる。そして、《よろこびのこゑ》をあげているのだ。

文章を読む法悦が、ここにある。

『風の風船』（砂子屋書房）から引いたが、他にこんな歌もある。

■ゆくりなく窓のない家おもほえり白砂糖一キロ壺にうつしつつ
■猫を生んだことあるかと問へる子に驚くわれは否《いな》と言へざり

少年の騎馬群秋の空を駆け亡き子もときの声上げてゆく　小林幸子

わがかつて生みしは木枯童子にて病み臥す窓を二夜《ふたよ》さ敲く　富小路禎子

二十七　童子

■妻子《つまこ》率《ゐ》て公孫樹のもみぢ仰ぐかな過去世・来世にこの家族無く

『雨月』(雁書館) にある、高野公彦の歌だ。《もみぢ》といえば現代では、まず、かえでの紅葉を思い浮かべる。しかし本来は秋の色づいた葉、一般を指す。この場合は、黄色に染まったイチョウを見上げている。世に生まれ変わりがあるとすればどうか。わたしの前世後世、《この家族》と共に立つことはなかったし、また、これからもない――というのは、まことに不思議な感覚だ。今の自分達を遠くから見るようで、茫洋たる思いが湧き起こる。

だが前の人生の記憶を持ったまま生を繰り返すとしたら、ことは簡単ではない。もう四半世紀も前のこと、ケン・グリムウッドの『リプレイ』(新潮文庫) を読んだ。ある時点まで来ると、昔に返って、生きなおす男の話だ。物語としての面白さは無類だった。しかし、この本が忘れ難いものになったのは、実はある箇所のせいだ。

一度目に生き直した時、主人公には娘グレッチェンが出来た。だが、巻き戻しの一点に来た時、若い頃に返ってしまう。その時、彼の覗く悲嘆の淵の何と深いことか。同じ妻と結婚し直したところで、《あの子》に会うことは二度と出来ない。会えないだけではない。《あの子》はもう、存在しなくなってしまった。小説を読んでいて、これほどの絶望を味わうことはめったにない。

人には誰でも、昔に返ってやり直したいことがある。これからどうなる——という知識によって、富や栄誉を手に入れられるかも知れない。だが、子供——という要素をそこに加えたら、ことは変わる。そういう全てが、真夏の雪のように消えてしまう。世界を得たところで何の意味もない、喜びなどもうどこにもないように、思えてしまう。

タイムマシンものの理屈には、《時の移動により、歴史は枝分かれする》という考え方もある。だとすれば、別の時間の流れの中でグレッチェンは生きている。せめて、その解釈を主人公に伝えてやりたかった。

小林幸子《こばやしゆきこ》は、我が子を病で失う。『夏の陽』（ながらみ書房）の歌は胸を揺さぶる。

■熱に喘ぐ吾子の闘ひの外にゐて怺ふるに永きながき夏至の日

■あやまちてわれに来し子か夏の陽の輝く空へいま離《か》れゆけり

天の子であったかと思うのだろう。だが、そんなことはない。空を仰ぐ母に、ほかのどこでもない、あなたのところに来た子なのです、といってあげたくなる。川野里子に、

■遊ぶ子の群かけぬけてわれに来るこの偶然のやうな一人を抱けり

という歌がある。《子の群》の中の掛け替えのない《一人》である。《偶然のやうな》——といっている。《やうな》とは即ち偶然ではない。必然なのだ。

季節は巡り、秋となる。

■わが父とわが少年のめぐり遇ふ秋の銀河のふぶけるあたり

そして冒頭に引いた一首となる。忘れ難い歌だ。『この歌集この一首』田島邦彦編（ながらみ書房）を開き、これが採られていると知り、嬉しくなった。だがそこには、この《騎馬群》が運動会の《騎馬戦》の幻影と説かれていた。あっと驚いた。なるほど、秋で《少年の騎馬群》で《ときの声》となれば、そういう解釈もあり得るだろう。実際、何人かに聞いてみると、そちらが多数派だった。

しかし、わたしが思い浮かべたのは、いわし雲の浮かぶ秋の空だ。雲のそれぞれが馬の姿と化す。疾駆する白馬の群が思われ、それぞれにあるいは幼く、あるいは若くして逝った少年達が、苦しみから解き放たれ、ときの声をあげ、精悍な姿を見せている。

——この解釈が少数派としても、《騎馬戦》には、やはり抵抗がある。その場合では、馬となる少年達が下に三人もいる。わたしには、それが受け入れ難い。そんなことは考えもしないのが母の愛であり、親の愛だといわれれば一言もないが。

運動会のそれでは、今野寿美『め・じ・か』（短歌新聞社）の歌もあざやかに浮かぶ。

■騎馬戦のわが子の一騎はまだ無事でひたすら逃げる逃げよと思ふ

一方の富小路禎子《とみのこうじよしこ》には、『白暁』（新星書房）にこういう歌もある。

■未婚の吾の夫のにあらずや海に向き白き墓碑ありて薄日あたれる

最初に引いたのは『不穏の華』（砂子屋書房）の歌。安永蕗子の『讃歌』（雁書館）にある《指をもて風に文字描く空書などおぼえてたのし木枯童子》は、冬でも元気な現実の子であろう。一方、富小路禎子の《木枯童子》には形がない。その童子が、富小路の窓を、二夜も叩くのである。

——かあさん、かあさん。

と。

今時のサッシではない。木枠にガラスが入り、カタカタと鳴る昔の窓だ。

『不穏の華』からもう一首、そして最後に、『柘榴の宿』（短歌新聞社）巻末の歌を引く。

■時計、鍵探しあぐねて一日過ぐかくしつつ命失する日は来ん

■しばしの間地上をはしる電車より見し曼珠沙華　一生《ひとよ》のごとし

日々位置を変へる寺あり紅葉《こうえふ》がくろずむころは何処にあらむ
林　和清

水の辺にからくれなゐの自動車《くるま》きて烟のやうな少女を降ろす
松平修文

二十八　まぼろし

■街路樹も凍る夜ふけに聞いてみる　どこの星から来たのですかと
■長いときをかけて話したこの星に流されてくる前のことなど

このように置くと、触れ合う静かな響きに驚く。違う人の違う歌集にあり、それこそ別の星で息づいている歌なのに。前者は松平修文《まつだいらしゆうぶん》の『蓬《ノヤ》』（砂子屋書房）に、後者は林和清《はやしかずきよ》の『匿名の森』（砂子屋書房）にある。

書かれた時から、作品は作者の手を離れる。とはいえ、こんなことをされては迷惑かも知れない。本の流れの中で読まれる時と、意味を変えてしまう。例えば、林の歌は春日井建の訃報を受けてのものだ。《この星に流されてくる前のこと》を《話した》のは春日井だろうか。互いにだろうか。

松平の『蓬』でも、多くの愛する人の死が語られる。読んでいると次第に、自分を削ぎ取り背骨だけで立っている作者を見るようになる。松平らしい用語が使われる時もあり、また思いそのままの言葉とも出会う。

死という極限の現実を前にした時の歌について考える時、大西民子のことが浮かぶ。

以下は、北沢郁子の『回想の大西民子』（砂子屋書房）による。大西は離婚した際、歌人として今後も大西姓を用いることを、夫に出す唯一の条件とした。そして、妹と共に暮らした。愛する妹が先に逝った時、多くの挽歌が生まれた。《われの死を見ずにすみたる妹と繰り返し思ひなぐさまむとす》などと。だが、この歌の後には《口が裂けても言へぬことあり思ひゐて髪のなかから汗ばみてきぬ》が続くという。北沢は《不思議な一首》だが、《「口が裂けても」というのだから尋ねる勇気もなかった》。大西は《言へぬ》といった。しかし、《言へぬ》とさえいえない場合も多いだろう。そういった隠れた部分が、創作を支える。

大西の代表歌のひとつに、

■妻をえてユトレヒトにいまはすむといふユトレヒトにも雨ふるらむか

がある。読み手はまず、大西の前夫のことを思う。だが、《「この歌を読んでユトレヒトはどこかしらと地図を出して調べるような人には、民子さんの歌はわからないわね」というと民子は面白がって「私だって実在することは調べたわ。よしよしと思って」と笑った》。

また、《降りやまぬ雨の奥よりよみがへり挙手の礼などなすにあらずや》については、大西の四十九日法要の席に、わたしが歌われた当人だという男が現れ、《一同唖然とし》た。《若き日の民子の恋人として人にも語っているのだという》。これなど、小説の材料としては格好の素材だろう。つまらぬ現実がしたり顔で、特定など出来ぬ普遍の表現に手を伸ばして来るのだ。『源氏物語』における《まぼろし》とは《幻術者》のことだが、大西はこれらの歌を作る時、優れたまぼろしになっていたのだ。

　そしてまた大西と全く違う作風であっても、林も松平も、語らぬ部分を持ち、語らぬことによってさえ語る《まぼろし》に違いない。

　林の歌に多く登場する色は黒だ。冒頭の歌は『匿名の森』の一首だが、ここでは紅葉もくろずみ始めている。黒ではない歌を逆に引いてみる。後者は同歌集、前者は『現代短歌最前線』(北溟社)にある。

■銀の匙さしいれられて　あ、と声をもらした風《ふう》の緑のスープ

■きみはなにを奪ひとるのか逝く春のしろいチーズにつける嚙みあと

　松平修文の冒頭歌は、『水村』(雁書館)から引いた。ここで、ぜひ書いておきたいことがある。

　松平の『夢死』(雁書館)に、

■私は深山幽谷女子大学の学生で、名前はアケボノサウと言ひます

　という歌があるが、わたしはいま、大学生の前で話をする機会を持っている。表現に関心を持っている筈の学生たちだ。短歌についてはどうか聞いてみた。

「読んだ歌集があったら、書いて下さい」

とても少なかった。すると、一人の女子学生が、

――『水村』。

と、書いたのである。目を疑った。読書家だが、特に短歌をやっている学生ではなかった。

「作者名は忘れました」

「……松平修文」

「そうですすそうです」

どこかで目にし無性に読みたくなり、図書館で探し、ようやく見つけたという。

『水村』『原始の響き』（雁書館）から、水の歌を引いてみる。

■少女らに雨の水門閉ざされてかさ増すみづに菖蒲《あやめ》溺るる
■水につばき椿にみづのうすあかり死にたくあらばかかるゆふぐれ
■喫茶室の奥に暗きみづうみありて少女つめたき水はこびくる
■床下に水たくはへて鰐を飼ふ少女の相手夜ごと異る

極限の現実を前にした時、我々は一時、本どころではなくなる。いや、歯が猛烈に痛み出しただけでも、読書に集中など出来ない。それでも、そうであっても、まぼろしの力は、このように強い。

どんなにかさびしい白い指先で置きたまいしか地球に富士を
佐藤弓生

うつむいてコピーしているわたくしをだれかがコピーしているような
佐藤　晶

二十九　ふと、よぎる思い

佐藤弓生《さとうゆみお》の歌集『薄い街』（沖積舎）には、幾つもの引用文が載っている。中に、――ジュール・シュペルヴィエル作「沖の娘」の一節がある。《娘は、自分がこの世でたったひとりの女の子だと思っていた。いや、自分が女の子だということをいったい知っていたのだろうか》（石川清子訳）。

わたしは高校生の頃、中央公論社の『世界の文学　フランス名作集』で、この短編と出会った。たちまち、心に食い入った。以来、別の訳と出会うと買っていた。堀口大學訳は青銅社の『沖の小娘』と小沢書店の『シュペルヴィエル抄』の二冊を持っている。名作中の名作だけに、翻訳の数も非常に多い。それぞれ、《娘》だったり《小娘》だったり《少女》だったりする。

ともあれ格別なのは最初の出会いだ。そこで、わたしにとってこの物語は結局、安藤元雄の手になる「海原の娘」――ということになる。《どうやってできたのだろう、波に浮かんだこの家並みは？》《そして、たった一人あそこにいる、十二歳ぐらいのあの娘は？　木靴をはいて、まるで固い地面を歩くように、たしかな足どりで水の街路を通って行く。いったいどうしたわけなのだろう？……》。

未読の方のため、これ以上は触れない。だが、シュペルヴィエルを読む者なら、この話のようなことはある――と思うだろう。

■風鈴を鳴らしつづける風鈴屋世界が海におおわれるまで

と、佐藤弓生は歌う。『世界が海におおわれるまで』（沖積舎）の一首だ。風鈴屋とは、いたって日本的だ。

わたしは銀座の歩行者天国で、何年か前、実際のそれに出会ったことがある。前後に沢山の風鈴を下げた荷台を、肩にかついでいた。

――倒れたら、大変だ。

と思った。

そういう風鈴屋の、涼しげな音が水を呼ぶのだ。シュペルヴィエルは海原に街と娘を作った。佐藤は、硝子の響きで静かに海を呼ぶ。西洋の波と東洋の波は、どこかで繋がっている。

日本的というなら、年末の『忠臣蔵』、年の初めの富士など、その代表的なものだろう。ところが佐藤は、『眼鏡屋は夕ぐれのため』（角川書店）でいう。

■みんな仕返しが大好き極月の戯《そばえ》きらきらこうずけのすけ

美談の本質を仕返しと暴く。だが《極月》という響きこそ硬いものの、後に《そばえ》と続く。聞き慣れない言葉だが、《日照雨》即ちある所だけで降る雨であり、またこの場合は、じゃれる感じの《戯れ》らしい。《そばえきらきらこうずけのすけ》となれば、悲惨な感じがしない。復讐の対象となる《こうずけのすけ》すら、佐藤の指で、顔にラメを置かれたようで、舞台の道化めいて来る。——無論、だからこそ怖い、という読みも出来る。表もあり裏もある。

そして、同じ歌集にあるのが、冒頭に引いた歌だ。振り仰ぐようでもあり、宇宙的な高みから人の世を見ているようでもある。

わたしは埼玉で生まれ育った。富士は、空気が澄み切っている時、はるか遠くにちょこんと、それこそ指先でつまんで置いたように見える。子供の頃から、それを目にして来た。間近で霊峰として仰ぐ人より、この歌の感じをつかみやすいのかも知れない。

いずれにしろ、一読、ほうっと気の遠くなるような歌だ。お置きになったのか——と敬語で呼ばれる何ものかの存在を思い、その哀しみの目を感じている。

続く佐藤晶《さとうあきら》の歌は、『冬の秒針』(ながらみ書房)にある。

やはり、《わたくし》を越えたなにものかを、ふと感じている。

この歌集の、名作とはいわれぬであろう《論理王ロンリー王となる時もわが忠誠は変わらぬと知れ》に心魅かれる。ヨーロッパには豪胆王などと、ニックネームで呼ばれる王様がいる。佐藤晶は《論理王》を自ら即位させ、《ロンリー王》とその行く末を見る。そこに知恵の哀しみがある。こう書かれた短冊を返せば、

■博学で無力でありし花園院の日記を読みおり　月が死にゆく

となる。花園院は伏見天皇の子。第九十五代天皇。南北朝期の困難な時代を生きた。『新編日本古典文学全集49　中世和歌集』（小学館）によれば、《日記『花園院宸記』は思想的に深いものを湛えている》という。

また、《器量とは男子は才覚女子ならば容貌を言う　たぶん今でも》とあるのも、どちらかといえば他でも聞くことのある、世の理不尽に対する抗議だろう。だが佐藤晶は、次のように複雑な美の悲劇をも示す。

■美しさを惜しまれ出家ゆるされず自死したる稚児もありしとぞきく

以下、『冬の秒針』以外も見つつ、時の歩みを歌で追ってみる。

■夕闇に大き白犬帰宅せり春の深さを測ってきました
■風すこし潤うころに思いおり安徳天皇女性説のこと
■雪やこんきつねはこんと冬が来て時計の音の澄みてゆくなり

死ぬまへに孔雀を食はむと言ひ出でし大雪の夜の父を怖るる

小池　光

昏れ落ちて秋水黒し父の鉤《はり》もしは奈落を釣るにあらずや

馬場あき子

三十　父

小池光《こいけひかる》の『時のめぐりに』（本阿弥書店）を手にする。遠い昔、誰もいない小学校の図書館で見たような表紙、手触りの本だ。ページをめくっていく。やがて、「夏の終り」の章になる。《眠れる猫》という詞書《ことばがき》に続き《昏々と猫のベッドに眠りゐるわが身代《みが》はりのいのちとおもふ》とあり、はっとする。これは、わたしの思いだった――。それならばお前は、決してわたしより先に逝ってはならなかったのだ――と。

こういう心の重なりに衝《う》たれるため、人は本を開くのではないか。自分のために用意された言葉と出会うために。

さらに読み続ける。数ページ後に、こういう歌がある。

■万華鏡におほき熊ん蜂閉ぢこめて見むとしたれどいまに見るなし

ああ……。

と、小さく叫んでしまう。説明となる詞書はない。この本を読みここに至った人のうち、どれだけが、ここに、

「お父様」

という響きを聞くのだろう。だが表現とはそういうものだ。これ以上いってはいけない。

小池の第一歌集『バルサの翼』（沖積舎）は、《父の死後十年　夜のわが卓を歩みてよぎる黄金蟲あり》から始まる。小池には、父の歌が多い。わたしは《万華鏡……》もまた、父の歌と思う。

小池は、エッセーの中で、角川「短歌」の読者歌壇で、

■一夏過ぐその変遷の風かみにするどくジャック・チボーたらむと

が、塚本邦雄から特選とされたことを語る。そして、《『チボー家の人々』は、当時文学っぽい学生なら必ず読んだ青春の通過儀礼のような大河小説》という。そういわれれば確かに、学校図書館の名作案内の本に粗筋が出ていた。学習雑誌にも、初めの方の抄訳が出ていたりした。だがわたしは、『ジャン・クリストフ』は読んだが『チボー家』は読まなかった。文庫本になっていたかどうかも大きいとは思う。

大学合格が決まった三月だった。日生劇場で『チボー家』の劇化上演があった。父に連れて行ってもらった。劇中のジャックは父に反抗する。わたしは違った。

『私の戦後短歌史』岡井隆　聞き手・小高賢（角川書店）を読んだ時、《読書指導は全部父親

です》という岡井に対し、小高は首をかしげる。《概して親と険悪になりますよね》《ちょっと考えられません。親が言っていることはあてにならない、というのが僕たち世代です》と。人によって違う。

わたしには、一秒たりとも反抗期はなかった。父は生涯、民俗学、古典を愛した。労苦は、大きく報われることはなかった。その哀しみも苦しみも、我がこととして分かる。

テレビがうちに入ったのは、わたしが小学校高学年の頃だ。一台しかないから、父が歌舞伎や能にチャンネルを合わせると並んで観た。面白かった。食事時にテレビをつけているうちは、家族の会話がなくてよくない――という話を聞くことがある。わたしは、そういう人を憎む。父をおとしめられたような気になるのだ。何を共に観るかは、掛け替えのない対話にほかならない。

父の若い時の写真を見て、母に《似てるよね?》と聞いたことがある。わたしには、自分が父の《身代はりのいのち》であるという思いがある。

大学に行くと、『チボー家』の話をする先輩などいなかった。内田百閒のことは聞いた。今なら当たり前だが、当時は百閒の小説が簡単に手に入らなかった。神保町で、昭和十八年の新潮文庫（遠くの島々や帆船の絵が表紙に刷られている!）の『冥途・旅順入城式』を百円で見つけた。宝物のように読んだ。忘れ難い作品は数多い。

中の『冥途』は《高い、大きな、暗い土手が、何処から何処へ行くのか解らない、静かに、冷たく、夜の中を走つてゐる》と始まる。《私は、一ぜんめし屋の白ら白らした腰掛に、腰を掛けてゐた》。障子を、飛べない蜂が上がって行く。すると、隣の一人がいう。「それは、それは、大きな蜂だつた。熊ん蜂といふのだらう。この親指ぐらゐもあつた」（中略）「ビードロの筒に入れて紙で目ばりをすると、蜂が筒の中を、上つたり下りたりして唸る度に、目張りの紙が、オルガンの様に鳴つた」(中略)「それから己の机にのせて眺めながら考へてゐると、子供が来て、くれくれとせがんだ。強情な子でね、云ひ出したら聞かない。己はつい腹を立てた。ビードロの筒を持つて縁側へ出たら庭石に日が照つてゐた」

私は、日のあたつてゐる舟の形をした庭石を、まざまざと見る様な気がした。「石で微塵に毀れて、蜂が、その中から、浮き上がるやうに出て来た。ああ、その蜂は逃げてしまつたよ。大きな蜂だつた。ほんとに大きな蜂だつた」

「お父様」と私は泣きながら呼んだ。

小池は、『時のめぐりに』の七年後に出た『うたの動物記』(日本経済新聞出版社)に《冥途》に出てくる蜂がことにも忘れられない》と書いている。《万華鏡》の歌に、これが響いていることは明らかだろう。ただ小池は、そこの引用文に《強情な子》が書かれている部分を切っているし、《お父様》という言葉も引かない。

無論、父という存在は、単純な敬愛の存在ではあり得ない。冒頭の二首、小池の作は『廃駅』(沖積舎)、馬場の作は『桜花伝承』(牧羊社)にある。これらについては、歌そのものが語る。

義母義兄義妹義弟があつまりて花野に穴を掘りはじめたり

寺山修司

遠きひと近き人など呼びてをりかぐはしきかなあちらの時間

辺見じゅん

三十一　かぐはしきかな

この原稿は毎回、掲載のかなり前に書いている。したがって、今これを書いているわたしにとっては直前のことだが、昨年十一月末、大学以来の友であり優れた編集者であった斎藤嘉久《さいとうよしひさ》氏が亡くなられた。

第一回で、早稲田で授業を受けていた時、机に青の万年筆で塚本邦雄の歌が記されていた——と書いた。実はそれには作者名はなく、《こういうことがあった》といった時、即座に《それは、塚本の歌だ》と教えてくれたのが斎藤氏であった。斎藤史の歌集も彼に教えられ、神保町に買いに行った。二十回には、《『村木道彦歌集』は、遠い遠い昔、友が「いつか返してもらえればけっこうです」という手紙付きで送ってくれた。——いまだに返していない》と書いた。この《友》もまた、斎藤氏である。

氏とは、卒業後もクラブの仲間と共に集まり、旅行に行ったり話したりした。

携帯メールは便利なものだ、とは思っていた。だが、氏が入院してから半年以上、我々同世代の友との間でメールのやり取りが続いた。便利以上のものだった。
八月の末、こんなメールが来た。

『寺山修司全歌論集』では、塚本『水葬物語』の跋の「抒事」が「抒情」というありえない誤植になっています。三行前にも「過剰抒情の曇りも…なく」とあるのにですよ。寺山の引用はほかにもあやまりが多く、誤記というにはあまりにもお粗末でしょう。学生時代に、塚本の「抒事性の蘇り」なる言葉に大いなるロマンを感じた者としては許し難い思いです。当該箇所のコピーもとり、指摘してやろうと思っているうちに、そんなことのできにくい体になってしまいました。思ったらすぐ行動を起こさないと駄目ですね。

寺山修司は、塚本邦雄論を書いている。しかし、その中で、塚本を愛する者なら見過ごすことの出来ない、誤った引用をしているというのだ。

塚本の輝かしい出発点となった『水葬物語』の跋には、《僕たちはかつて、素晴らしく明晰な窓と、爽快な線を有つ、ある殿堂の縮尺図を設計した。それは屢〻書き改められ、附加され、やうやく図の上に、不可視の映像が着々と組みたてられつつあつた。その室・室の鏡には、過剰抒情の曇りも汚点もなく、それぞれの階段は正しく三十一で、然も各階は、韻律の陶酔から正しくめざめ、壁間の飾燈は、批評としての諷刺、感傷なき叡智にきらめき、流れてくる音楽は、抒事性の蘇りとロマンへの誘ひとを、美しく語りかける筈であつた（以下略）》となっている。

要するに《過剰抒情の曇りも汚点もなく》《抒事性の蘇りとロマンへ》となっているわけだ。

だが、寺山は何とこれを《抒情の蘇りとロマンへ》と書いている。

斎藤氏は、そのことをベッドの上で思ったのだ。本は手元にない。わたしは、自分の持っている沖積舎の『寺山修司全歌論集』を確認した。確かにそうなっていた。斎藤氏は《沖積舎の本ではなかった》といい、

現物は会社から自宅に送った段ボール箱の中です。いずれにしても、寺山の引用ミスは、意味から言っても罪が深いと思います。まるで逆なんですから。知らないで読んでしまう読者はたまったものじゃない……。

引用ミスのある最初のテキストがそのつど収録されたり孫引きされたり、せっかくの前衛短歌宣言がめちゃめちゃになって、正直なところ怒りをおぼえます。


《プロの編集・校正者として》そう思うという。仕事への誇りを感じた。

なるほど、《誤記》である——と注のほしいところだが、わたしは、ここから寺山が《事》よりも《情》の人であると思い、全てを自分のうちに取り込み、我がこととして咀嚼し表現する寺山修司を感じた。そういうと、氏は、

「抒事性の蘇り」という言葉は、初めて目にした二十代のころから忘れたことはありません。塚本短歌を愛する者の疑問として、機会があれば書いてもらえると嬉しいですね。書くときは、一種の寺山修司論としてかな。いずれにしても埋もれさせたくない話です。塚本短歌に抒事性を読み取る者としては。

一つくらい世のためになることをのこせると嬉しいな。

斎藤氏からこのメールを受けた、暑い夜を思い出す。

わたしは寺山修司の歌集では、その後記に《はじめての文庫本が出ることになった》という『寺山修司青春歌集』中井英夫解説（角川文庫）を愛読した。四十年も前の本だ。貸した人のところからなかなか返って来ず、心配したこともある。記憶に残る歌は数多い。

冒頭の一首は『寺山修司未発表歌集　月蝕書簡』田中未知編（岩波書店）から引いた。知られた話だが、寺山は健在な母を、作中で何度も世に亡き者として歌った。ここには《義母義兄義妹義弟》と言葉を並べる。花野に穴を掘るのは、無論、作者自身を葬るためであろう。

斎藤氏には、我々の仲間と集まるだけでなく、先輩方から会食の声がかかることもあった。そういう先輩のお一人と電話で話したことがある。二年ほど前だった。辺見じゅんの短歌の話になり、先輩は『天涯の紺』（角川学芸出版）巻末の、冒頭に引いた歌をあげ、心に残るといった。

この一つ前にあるのは、次の歌だ。

■人間《じんかん》はなやましきこと多けれど天涯に桔梗《きちかう》の紺の風吹く

死者となりて妻に泣かれし記憶あり或る夜の夢の記憶なれども
杜澤光一郎

とうに死にし父あけがたの夢に来て再び死にてわれを泣かしむ
高尾文子

三十二　夢の中の死

小学校高学年の頃、うちの書棚にあった『日本名著全集　江戸文芸之部』に手を伸ばした。大正時代に刊行された本だ。他の巻はともかく、『黄表紙廿五種』はとても楽しかった。《黄表紙》とは、簡単にいえば江戸時代の漫画である。話が絵と共に進むのだから、子供でも読めた。大学生になって、昔の楽しさを思い出し、岩波『日本古典文学大系』の黄表紙の巻を手に取ってみると実につまらない。絵の大きさが違うのだ。参考——という感じで小さく載っている。

——黄表紙じゃないぞ、これ。

と、思った。コミックの紹介に譬えるなら、全画面を片隅に小さく見せ、文章の部分だけを本文として抜き出し列記し、注釈を施しているのだ。そこに本来の味わいはない。『名著全集』版では多くの作が、絵の中に書き込まれた文字をそのままその位置に置いて活字化していた。要するに、コミックをコミックとして見せていた。大変な作業だったろう。しかし、面白い。分からない部分は山ほどあったが、学問ではなく、娯楽として読めた。

その中に、市場通笑《いちばつうしょう》の『即席耳学問』という作があり、犬が「早く伯母様でも降ればいゝ」といっていた。《犬の口からからういへば、雪は犬の伯母なること明《あきら》けし》と続く。子供心に、このセンスが気に入った。

——なるほど、《雪》は《犬》の伯母さんか。

と、納得したのだ。してみると、《炬燵《こたつ》》は《猫》の叔母さんかも知れない。

ギリシア神話では、《死》と《眠り》は双子の兄弟だという。これも、配置図として頷ける。兄弟なら二人の親がいるわけだ。それが——《夜》なのだ。さらに、眠りには子供がいる。《夢》がそれだ。つまり、夢は夜の孫、ということになる。

さて、死という眠りの中で夢を見るだろう——というのは『ハムレット』の台詞だが、では、夢の中で迎える死はどうか。

わたしは、死ぬ夢を三回見ている。最初は中学生の時、狐となって狐狩りで殺された。銃弾が何発も身に入ったところで目が覚めた。D・ガーネットの『狐になった夫人』を読んでいたせいかも知れない。二回目は大学時代。校舎の屋上で車に乗っていて、それが宙に躍り出た。三回目は、病気で死に、目覚めた時、無の世界に入って行く恐怖に戦慄した。

ところで杜澤光一郎《とざわこういちろう》の『青の時代』（短歌新聞社）には、こんな歌もある。《泣きわめき果ては自《みず》らを刺ししといふあはれ他人《ひと》の夢に顚《た》ちたる我が》。人に見られてしまうのでは、自分の責任ではないともいえる。だが、そう思われる若き自分であった——と歌っているのだ。

杜澤の、広く知られた作、

■しゆわしゆわと馬が尾を振る馬として在る寂しさに耐ふる如くに

は、歌集『黙唱』（角川書店）にある。存在の寂しさは、杜澤の大きなテーマである。

冒頭に引いた歌もまた、同じ歌集に収められている。一度読むと忘れられない。自らの死後を垣間見たのだ。この静かな寂しさはどうだろう。

杜澤のしんしんたる夜は、夜だけのものではない。次の歌もまた、『黙唱』のものだ。

■晩夏光たださす庭にともすれば月夜のごときしづけさがくる

そしてこれは、『群青の影』（角川書店）の歌。

■吾と同じカバンをさげてゆく男、われと同じき寂寥もつか

前回、塚本邦雄の『水葬物語』の名が出たが、高尾文子の歌集『聖鐘』（本阿弥書店）には、《白壁の照れる倉敷ここかつて『水葬物語』を生みし街》という、敬愛の念を示す一首がある。高尾は、岡山県の出身なのだ。

高尾の、冒頭の歌はその『聖鐘』にある。この繰り返される哀しみも胸を衝《う》つ。杜澤の歌と同じく、夢というレンズを通すことによってのみ開かれる世界だ。

高尾の第一歌集『春の絃』（七月堂）に、父のことが歌われている。

■看とりつつうたた寝すれば声のして死に近き父がいたはり給ふ

親とは、まさにそういうものだ。

■父を焼く長き時間を待つ椅子に渇けば此の世の水飲みにけり
■遺愛なる父の譜本の〈越後獅子〉辿れば流浪の旋律にして

「越後獅子」は、『大系 日本の伝統音楽』（筑摩書房）の解説によれば、峰崎勾当《みねざきこうとう》作の地歌から長唄になったもの。その旋律は、プッチーニのオペラ『蝶々夫人』にも顔を出し、《松の葉の様にこん細やかに》といった文句は、落語『うどんや』の中にも出て来る。要するに、前の世代の人達にとってはポピュラーなものだった。

このように始まる。《打つや太鼓の音《ね》も澄わたり、角兵衛角兵衛と招かれて、居ながら見する石橋の、浮世を渡る風雅者。歌ふも舞ふも囃すのも、一人旅寝の草枕》。

万智ちゃんを先生と呼ぶ子らがいて神奈川県立橋本高校
情熱の失せし頃より長け初めつ佐藤教諭の教育技術

俵　万智
佐藤通雅

三十三　初心

へんちき論というのは、江戸の昔からある。広く知られた何かに対して突っ込む。現代で例をあげれば、地球征服を企む、連続テレビドラマの宇宙人。どうして日本の、それも関東地方ばかり襲って来るのか。しかも一週間ごとに小出しにやって来る。なぜ一度に、全力で襲って来ないのか。――そういわれればそうだが、そういっちゃあおしまいである。そこから笑いが生まれる。

ところが先日、童謡について突っ込む落語を聞いた。中に「サッちゃん」が出て来た。ご存じ、阪田《さかた》寛夫《ひろお》の名作だ。

《サッちゃんはね／サチコっていうんだ／ほんとはね／だけど　ちっちゃいから／じぶんのこと／サッちゃんって　よぶんだよ／おかしいな　サッちゃん》。これに対し、《サチコがサッちゃんなら当たり前じゃない。ミッちゃんていったら、おかしいけど》といっていた。笑えない筈なのに客席は《アハハ、アハハ》。無論、ギャグとしてわざと無理をいう場合はある。だがこの場合は違う。客は《無茶苦茶をいう》ではなく、《そういえばそうだ》という方向に誘導されているようだった。

いうまでもないが、ここで《おかしい》のは《サッ》ではなく《ちゃん》である。自分を、ちゃん付けでいう幼さに、いいようのない愛を感じているのだ。大きくなれば人は、自分を《サチコです》というようになる。失われるものがそこにある。《サッちゃん》は、他人からの呼びかけだけになってしまう。

さて、広く知られた俵万智《たわらまち》の冒頭の歌の場合はどうか。《万智ちゃんを》といっているが、勿論《わたし、万智ちゃんを》という自称ではない。ここが何ともうまい。読んでいけば分かるが《人から万智ちゃんと呼ばれるわたしを》なのだ。そこの言葉を刈り込み、《万智ちゃん》と語り出すことにより、若さを出してもいる。言葉が多くを語る。この作者の場合、考え抜いて作らなくとも、自然にそうなってしまうのだろう。

ところでわたしは『サラダ記念日』（河出書房新社）を、出る前に買いに行っている。妙ないい方だが、こういうことだ。夕刊の文芸欄に、俵万智という新人の歌について書かれていた。短歌に特別な興味を持ってはいなかったが、それでも魅きつけられた。

次の休み、神田まで出掛けた。三省堂に行き、短歌の棚を見たがない。お店の人に聞いてみた。首をかしげ、調べてくれたが、

「そんな人の歌集は、出ていませんね」

やがて俵万智の『サラダ記念日』は「天声人語」にも載り、一大ブームとなった。その中で《万智ちゃんを》の一首は、日本中の若い先生に愛されたのではないか。互換性があるのだ。《〇〇ちゃんを先生と呼ぶ子らがいて〇〇県立〇〇高校》と、すぐに読み替えられる。《ちゃ

ん》付けで呼ばれるような、まだまだ一人前とはいえない自分が、いつの間にか《先生》と呼ばれるようになっている不思議さと重さ。それが一行になっている。

——と、ここまでは誰もが普通に思うだろう。ところが、俵の『言葉の虫めがね』(角川書店)を読んでいて、《が、現実はというと、/先生を万智ちゃんと呼ぶ子らがいて神奈川県立橋本高校/である》という一節に行き当たり、あっといった。これまた、非常によく分かる。《別に私をバカにしているわけではなく、それが彼らの親愛の情の表現なのだ》と続く。

学校の数だけ学校の形があるように、先生の数だけ先生の姿もある。わたしも高校に勤務していたが、生徒の上に立つより中に入って行きたくなる方だった。そこに喜びを感じた。だが、そんな教員ばかりでは学校は成り立たない。それも分かっていたし、年を重ねれば中に入りにくくもなる。《万智ちゃん》であっても、やがては《俵先生》になる時が来ただろう。得るものがあり、失うものもある。

ともあれ、別の意味での《互換性》があることを知った時、この若い教員の歌はより複雑で忘れ難いものになった。

『かぜのてのひら』(河出書房新社)に収められた「さよなら橋本高校」の歌を二首あげる。

■「最後の」とつければ悲しき語となれり集会、そうじ、校歌斉唱
■四回の春夏秋冬くぐりくぐりぬけてさよなら橋本高校

授業が板につかないものであっても、失敗ばかりしていても、新任教員は掛け替えのないものを持っている。

それを思った時、佐藤通雅《さとうみちまさ》の歌が頭に浮かんだ。『美童』（ながらみ書房）の一首。ことさらに使われた《長け初めつ》というものものしい言葉、そして《佐藤教諭》《教育技術》が見事だ。《佐藤教諭》になりかける自分に向ける目があり、そこにこそ、実は失せることのない情熱と初心がある。

佐藤は三十八年間、高校教師として勤め、退職した。第八歌集『予感』（角川書店）の歌。

■初めての教へ子なりしふたり来て今日を祝へる花束くれぬ

三十八年前の子供たちなのだ。こういう教員は、まれだろう。

■涙より笑ひはよけれ大き手や小《ち》さきてのひらにぎり訣れぬ

第九歌集『強霜《こはじも》』（砂子屋書房）には、こういう歌がある。

■子ら置きて帰ればサッカーボールにも一夜の長き時間あるべし

混み合える電車に持てる花の束かばいてくれし少年ひとり

武市房子

回転の扉に老人入りゆけば少年一人でてきたりけり

竹村公作

三十四　昭和

木下龍也《きのしたたつや》の『つむじ風、ここにあります』（書肆侃侃房《かんかんぼう》）に、こういう歌がある。

■花束を抱えて乗ってきた人のためにみんなでつくる空間

電車であろう。空いてはいない。だが、殺気だつほどに混んでもいない。性善説の成り立つ心地よい空間が、ここにある。『つむじ風、ここにあります』は、平成二十五年に出た。一方、冒頭に引いた武市《たけち》房子《ふさこ》の作は、昭和四十七年の歌集『塔のある景』（隕石詩社）に収められている。二つの花束の間に、長い時が流れた。網棚をなぜ網棚というか。昔は本当に《網》が使われていたからだ。わたしは、ごく小さい頃、そういう電車に乗ったことがある。昭和四十七年は、それより今に近い。しかし、昔ではある。

武市は「あとがき」に、《題名については特に内容を表わしているものと言うことでなく私が終日居りますビルの事務室の窓から見える景より採りました》と書いている。色刷りの東京タワーの絵が最初にあり、《塔》とはそれだと分かる。四十年以上前には、スカイツリーなど想像も出来なかった。

武市の電車は、木下のものより混んでいる。通勤のラッシュアワーだろう。そこに、何らかの事情で花束を持ち込まざるを得なかった。この歌の《少年》はいくつぐらいか。小学校高学年から、せいぜい中学生まで——と思いたい。田舎なら、小学校への電車通学はない。しかし、都内にはそういう子もいた。

小学校高学年の目で見れば、仮に二十代の女性でもおばさんである。半ズボンのそんな子が口をぎゅっと結び、一所懸命、見ず知らずの《おばさん》の花束をかばうのである。むきになって——といってもいい。こういう歌を読むと、自分もまた《少年》であった頃にはそうしたろうと懐かしくなる。

武市は、東京から多摩川を越えたところに引っ越す。

《回覧紙持ちて来し人このあたりは風強き土地と云いて去りにき》。そして、《遠くなりゆきしトラック舗装路の尽きてか急に舞う土埃》。今では、トラックの走るような道はほとんど舗装されている。昔はそうではなかった。こんな埃にも、時代を感じる。

——ああ、昭和。

と思ってしまう。

そこで、竹村公作《たけむらこうさく》の『企業戦士と呼ばれたりして』(角川書店)には、こんな歌がある。

■団塊のわが操縦で暴れおり鉄人28号昭和の生まれ

その頃を子供として生きた人でなければ作れず、また理解されない味がある。そして『ビニールの薄い手袋』（角川書店）を開けば、こういう作に出会うことになる。

■ややあと手を振りながら親しげに声かけ来るは今朝逝きし友

冒頭の《回転の扉》の歌は、見たままでありながら、それだけではない。時という動かし難いものに柔らかに立ち向かい、

――あ……。

という、不思議な感慨を抱かせる。その回転扉に入って行けば、自分が少年となって出て来られるような気がする。『力道山が死んだ』（砂子屋書房）の一首である。

竹村の歌では現実と非現実の境界がおぼろになる。同じ歌集に、《雷が近くに落ちたその日よりカリスマ的な父性をえたり》とある。《カリスマ的な父性》など得られる筈もないが。《引出しに隠していたる法螺貝を妻は持ち出しおりおりに吹く》も、不条理劇の一場面を見るようだ。あわれ、秘めたる法螺貝も妻に吹かれてしまう。あわれ――といえば、それがそのまま出て来る作もある。《尻尾振り駆け寄る犬を覗き込み真意を測る飼い主あわれ》。《真意を測る》のは、自分が《尻尾振り駆け寄》られる存在と思えないからだろう。古語ではなく現代語の《おかし》くて《あわれ》な世界が展開される。

江戸川乱歩の小説や魔法を題材にしても、竹村の手にかかるとこうなる。この脱力感が何ともいえない。

■浅はかな人間椅子は次々と女坐らせ腰痛めたり
■こんなときわれに魔法が使えたら回転寿司を左に回す

世を眺めるにしても、ゲーテの『ファウスト』の詩ならば、高い見張り塔から見下ろす。だが、竹村だとこうなる。

■マンホール男が頭を突き出して見回しており世間の様子

この視線がいかにも竹村らしい。月や星や野は、この《男》の目に入らない。小津安二郎のローアングルについては、さまざまな観点からその必然性が論じられている。日本的な視点であるともいわれる。だが、言葉で説明しろ——といわれても、小津は苦笑するだろう。表現者の目は、その人にとって、何はともあれ、必然の位置にある。

最後に武市房子と竹村公作の、恋の歌を並べて記す。実はいつの時代になっても通じる歌だろう。それでも我々は、ふと昭和の響きを感じてしまう。

■雑踏にふと呼ばれたる錯覚も君の声としわが恋は病む
■押すドアを一生懸命引いているような男の慎ましき恋

夕暮れのゼブラゾーンをビートルズみたいに歩くたったひとりで

木下龍也

夕方は夕方用の地図がありキヨスクなどで売っております

天野　慶

三十五　夕暮れに歩く

小説も俳句も短歌も、読まれ方によって、その色合いを全く変えてしまう。読まれる以前に、個性的な傑作が出してくれる編集者に出会えぬまま、埋もれてしまったこともあったろうし、これからもあるだろう。読み手の数だけ作品が生まれる。

木下龍也《きのしたたつや》の歌集『つむじ風、ここにあります』の中で、題に引かれているのが、次の歌だ。

■つむじ風、ここにあります　菓子パンの袋がそっと教えてくれる

わたしは一読、面白い感覚だな——と思った。ところが、その後に東直子《ひがしなおこ》氏の解説を読み、文字通り、あっと驚いてしまった。こう書かれていた。

街の片隅に流れてきた風が、ビルの間でつむじ風となった。菓子パンを包んでいた薄いビ

ニール袋が、その風で旋回している。「つむじ風、ここにあります」という、個人商店の手書き文字でのさりげないアピールのようなやさしい口調が胸にしみる。ゴミとして捨てられる運命の菓子パンの袋が、誰にも気づかれなかったつむじ風の存在を顕在化させた。世界の片隅で、短歌という小さな器によって自分の存在をこの世に示そうとしている作者自身とも重なる。

おそらく、読者のほとんどの方が頷くと思う。しかし、わたしが思い浮かべたのは全く違う画面だった。

――パン屋の店先。大きな窓が明るい。並んだ菓子パンの袋。それぞれの形は様々だ。中の、うずまきパンの袋がそっと囁く。《つむじ風、ここにあります》。

見た瞬間にそう思った。他の可能性など全く考えなかったことが、とても面白かった。《つむじ風、ここにあります》が《冷やし中華、あります》的なものに思え、となれば《菓子パン》という言葉が出た段階で、そのイメージが作られる。袋には《うずまきパン》とか《なんとかロール》とか書かれているのだろう。しかし、それは世を忍ぶ仮の名。世間が何と思おうと、袋に眠るパンの正体は、実はつむじ風の王子であり姫である。それは、――東氏の言葉をここで借りれば《作者自身とも重なる》。

しかし、いわれてみればこの解釈の方が少数派だろう。今のわたしは、それを調べられる。大学でお話しする機会をいただいているからだ。試しに学生三十人ほどに、先入観を与えず《どういう歌と思うか》書いてもらった。ニュアンスの違いはあるが、そこに目をつぶり、ごく荒っぽく東派と北村派二つに分けてみると、二十八対二だった。

同志の数は少なくとも、わたしは、自分の心にまず浮かんだ解釈が意味のないものとは思わない。こう考える人も出て来る——ところが表現の面白さだろう。

そこで、最初に引いた歌だが、これはあのビートルズの有名なレコードジャケットを下敷きにしている。『アビイ・ロード』というレコードのタイトルさえ調べなければ分からなかったわたしの頭にも、絵が浮かぶ。それだから、明らかだろう。——と、書きながら、《つむじ風の例もある。世の中何があるか分からない》という気にもなる。しかしまあ、わたしにとって《明らか》ならば、それでいい。

レコードジャケットでは、四人が横断歩道を渡っている。ふと格好を真似る気になって手足を動かしても、こちらは——一人、たった一人だ。世界中で知られた四人を東洋のゼブラゾーンでコピーするわたしの、胸の中の夕暮れが見える。

そんな若者に、お姉さんが教えてくれるのが——《地図》の存在だ。天野慶《あまのけい》の透明感のある《夕方》は魅力的である。その光。暮れかかった空の紺も、斜めにやって来る夕日のオレンジも、セロファンを通したようで、指を差し出せば、空気と水とゼリーの間のような手触りだ。

佐伯裕子《さえきゆうこ》に、こういう歌がある。

■磨かれた車体の上をなめらかな雲がゆき夏の地図ひらかれる

夏の地図には、魔術的な力がある。天野のそれも、初夏から秋風が吹く前までのものだろう。これは歩く者、生きる者の《地図発見》の歌だ。《キヨスクなど》がいい。わたしはこの歌のことを、『詩歌の待ち伏せ　3』（文春文庫）の中にも書いた。その時も触れたが、キヨスクは駅にある。

前回の武市《たけち》房子《ふさこ》に《少年はエジプトの古地図懇ろに見て居り明日は旅立つごとく》という一首がある。《エジプトの古地図》でさえ、もしキヨスクで売られれば、改札口をくぐった先のホームの何番線かには、古代エジプト方面何時何分発の表示が、見られるかも知れない。地図が旅立ちに繋がるのだ。

天野には、夏休みのプールの補習を歌った、

■5メートルほどの永遠　泳いでも泳いでも壁に手が届かない

という作がある。その頃はプールの中を進む、わずか五メートルの距離でも、壁までの地図が見つからなかった。その存在に気づけたのは成長だろう。そうなれば、次のような日も持てる。

■パレットにあるだけ絵の具を出してみてなにも描かないような休日

描かないこと、そして、とりあえず今は描けないことに不安を感じなくてもいいのだ。

めん雞《どり》ら砂あび居たれひつそりと剃刀研人《かみそりとぎ》は過ぎ行きにけり

斎藤茂吉

剃刀研ぎの触れごゑ昭和の路地を過ぐ成瀬巳喜男の〈稲妻〉のなか

渡　英子

三十六　剃刀研人

《めん雞ら》の歌とは、高校の教科書で出会った。

一読、《不穏》という題の絵を見るようだった。しかし、この絵は静止していない。《めん雞ら》も《剃刀研人》も動いている。となればむしろ、繰り返される一分ほどの映画だろう。画面は明るい。白黒だが、少し古ぼけた、茶がかった色かも知れない。

コッコ、コッコという鶏の声がしそうなものだが、《ひつそりと》という言葉が真ん中で全体を押さえている。そこで、音は消される。無声映画になる。中央で何羽かの鶏が砂ぼこりを上げ、右から左に（と、なぜかわたしには思える）剃刀研人の姿が、影のようによぎる。しばらくすると、フィルムは元に戻り終わることなく繰り返される。そんな画面を、ただ一人、暗い部屋で観ているようだった。

——何かの予告編めいている。

だからこそ、不穏なのだ。

この《めん雞ら》の歌は『赤光』の三節、「七月二十三日」にある。夏の景だ。逢う魔が時とはたそがれ時のことだが、白昼にも魔は跳梁《ちょうりょう》する。

この感じは、桂米朝が『次の御用日』で活写している。『桂米朝上方落語大全集』（東芝EMI）の速記によれば、《ま、夏のこってございます。昼さがり、往来の砂が陽の光をうけてキラキラキラキラ光っております。川向うを通っとります物売りの商人《あきんど》の声がなんとなしに寝むとう聞こえてくる。（中略）「よーし、すだれは要りまへんか」「ござや、寝ござー」（中略）遠くの方で打っております油絞めのかけやの音が、コツンコツン、なんとのう怖いなあと思いながら二人が道をとって行きますと……》。

物憂い売り声が似合うのは、辺りを静寂が支配しているからだ。

その空気の中に置かれる《めん雞》と《剃刀研人》が、わたしの胸にはすんなり入って来た。今の人にはどうだろう。

外で飼われる鶏は、見たように思う。包丁研ぎも二年に一回ぐらい回って来た。共に、小学校に入ってからは、ほぼ見なくなったが。――というわけで、素材は知っている。しかし、置かれ方によってこれほど異様に輝き出す。無論、《包丁研ぎ》では駄目だ。ここは《剃刀研人》でなければならない。正式名称など分からないが、母は、《研ぎ屋さん》といっていたような気がする。

さて、渡英子《わたりひでこ》の『夜の桃』（砂子屋書房）の中で、冒頭に引いた一首に出会った時には驚いた。《剃刀研ぎ》に《触れごゑ》があるとは、思わなかった。わたしの知っている研ぎ屋さんは、「ご用はありませんか」と現れるものだった。そうやって、旅を続けるのだろう。なまじ出会っているだけに、物売りのように、声をあげてやって来るとは考えもしなかった。

成瀬巳喜男《なるせみきお》監督の映画なら、特集といった形で上映される。渡は、そこに行ったのか。そして、道の角を曲がったところでぶつかるように《触れごゑ》と遭遇した。一瞬、思いは映画の筋を離れたろう。出会いの不思議さを感じたに違いない。その時、茂吉の歌のことを考えたのは会場で渡だけだったかも知れない。闇の中で、心は宙に浮き、別の空間へと流れた。

今は、成瀬の映画ならＤＶＤで観られる。わたしは、その形で、渡の後を追った。『稲妻』が始まり、三分の一ほど進んだところで、路地が映った。

天秤を肩に背負い、物売りめいた人がやって来る。遠目には金魚売りに見える。平たい木箱を振り分けにして吊るしている。声が繰り返す。

「鋏、包丁、剃刀研ぎー。鋏、包丁、剃刀研ぎー。……」

需要を考えれば、なるほど《鋏、包丁》が先に来るわけだ。とにかく確かに、この研ぎ屋さんは、声を出していた。家の中にいるお客に《来ました》と知らせる必要があるのだから頷ける。監督成瀬にとって、それが日常を描くのに必要な声だった。つまり、普通のものだった。

この後、沢口芙美《さわぐちふみ》の『樹木地図』（短歌新聞社）に次の歌があると知った。

■春の夜の森岡貞香こゑ低く剃刀研ぎの口まねをする

歌人が集まって、茂吉の歌の話をしていた時のことだろう。こういう風に書かれているのだから、多くの人は知らなかったのだ。大正五年生まれの森岡貞香《もりおかさだか》がそこで、

——こんな感じだった。

と口にしたのだろう。『稲妻』の中の職人と、同じ言葉、調子だったのかどうかは分からな

い。

とにかく《剃刀研人》は声を出すものだった。しかしながら、人家が密集し、商売になる——というところでなければ、黙って歩いたろう。茂吉の歌のその人は、やはり無声映画の登場人物と思える。

いずれにしても、時の彼方に消える筈の《触れごゑ》が、映画の画面から、ふと蘇る瞬間というのは劇的だ。

渡英子には、こんな出会いの歌もある。

■那覇市立中央図書館に仙波龍英が吸血鬼小説あれば手に取る

『レキオ——琉球』（ながらみ書房）の一首。渡は沖縄で何年かを過ごした。その時の歌だ。歌人仙波龍英《せんばりゅうえい》については、十九回で取り上げた。その彼が、渡を待っていた。南の夏にふさわしい出会いだ。

渡の沖縄への思いは深い。次のような歌のルビも、ひらがなで振る。《琉球王国は平仮名で自国の文書を記録していた》から——と。

■新北風《みーにし》が立てばひそかな秋が来て深く思へとわたくしにいふ

■道端に魂落《まぶい》して来しひとか御願所《うがんじゅ》の段にゆうらり座る

点滴のレモンイエローはわがかつて愛せし服の色かと思ふ　河野愛子

棒立ちといふことのあり立ちをればわれはわれより離れて行けり　大西民子

三十七　その時

八月九日が、河野《こうの》愛子《あいこ》の忌日である。

■夏の靴しまひてをればげに遠く光にうねる阿武隈川は

この歌を小池光の『現代歌まくら』(五柳書院)で読んだのが、河野愛子を意識した初めだ。《夏》が、靴と共にしまわれる。光る川は空間的には、ただ離れている。だが、時間的には取り戻せない。夏が幾度あろうと、その《夏》はひとつだけなのだ。

それだけでも美しいのだが、小池光はさらに、歌枕としての《阿武隈川は「あふくまかは」であり、ここから「逢ふ」が引き出され、男女の逢瀬》に繋がり、《旅行の思い出の歌のようにみせかけながら(中略)かすかな相聞感情のゆらぎが立ちのぼる。(中略)深読みといえば深読みである。しかし、短歌とはそもそもが「深読み」へ読者をみちびく詩の形ともいえる》

と書いている。

「夏の靴」といわれれば、川端康成の掌篇を思い浮かべる人も多いだろう。《肩で刻むやうに息をしながら眼がきらきら光つてゐる》美少女を。

河野の若き日の作に、

■やがて吾は二十となるか二十とはいたく娘らしきアクセントかな

があるが、この人の歌には、年を経て作られたものでも、似た味がある。

小池光は『うたの人物記』（角川学芸出版）の中に、大島史洋《おおしましよう》の《竹橋を河野愛子と行きしときけんもほろろに人を評しき》を引く。これも、大きくなった美少女にふさわしい。

冒頭に上げたのも、そういう人でなければ作れないものだろう。死後に上梓された歌集『光ある中に』（不識書院）の一首。

《レモンイエロー》は、さわやかに明るい。本書の中でも、以前、登場している名詞だ。そこでは、色が清らかな安息を示していた。

だが今、美しい人はベッドに横たわり、点滴の瓶を——そこに若き日の光を——見ている。思いをこめつつ、感性のスプーンで、時を鮮やかにすくったような歌だ。

小池もあげているが『光ある中に』の、見舞い客についての歌はどれも印象深い。その中の二首。

■汝との思ひ出はすべて楽しかりしといへば手巾にて顔をおほふ石田比呂志よ

■わがためにむせび泣きゐるよき男きみとの三十年時に乱痴気

河野の『反花篇』（短歌新聞社）には、《大晦日暮れゆく頃に電話あり酔ひて笑らぐは筑紫の比呂志》という一首がある。その男、『琅玕《ろうかん》』（短歌新聞社）で《水さえや鋼光《はがねこう》なし命濃し筑紫次郎を越えつつあれば》と歌った石田比呂志《いしだひろし》――筑紫次郎とは、筑後川のことである――が、むせび泣くのである。

『光ある中に』には、怜悧な目を持つ河野らしい作も載っている。

■まだ犬は生きてゐるのにかれの死を悲しみつくし歌は生れ来る

逆にいえば、まだ歌を作れるうちはその瞬間を迎えてはいないのだ。それなのに、というより、だからこそ作れる、という面はあるだろう。自分の場合なら、いうまでもない。

だが、大西民子の冒頭の歌を読んだ時には、その時を経験している人がそのまま語っているように思えた。こちらも死後にまとめられた『光たばねて』（短歌新聞社）にある歌だ。無論、そんな時の作ではない。だが大西なら、作るかも知れないと思えて来る。

大西の歌は、前にも代表的なものをあげた。ほかで、すぐに浮かぶのは、次の一首。

■亡き父のマントの裾にかくまはれ歩みきいつの雪の夜ならむ

――そうだった、と思ってしまう。遠い昔に、子としてそういう時があったようでもあり、父としてそういうことをしたようにも思える。かくまわれることには、守られる安心感がある。父と歩いた《雪の夜》にあるのは、冷たくとも白い闇だろう。しかし、大西は身ごもりはしたが、母となることは出来なかった。『無数の耳』（短歌研究社）に、こういう歌がある。

■ひび入りて伏せおく大き甕ひとつみどり児の声漏るる夜無きか

変わったところで、『風の曼陀羅』（短歌研究社）に、次のような《もの》についての歌がある。

■大いなるスパナの形と気づきたり何を恐れて見し夢ならむ
■見つからざりし巻尺が今出でて来て一メートル五〇まで伸びて見す
■見しこともなきまさかりを知りてをり童話の挿絵に大きかりけり

それぞれ妙に心に残る。

スパナの夢も独特だし、巻尺があった——という、ただそれだけのことが、《伸びて見す》といえば、歌になってしまう。ここに、表現の不思議さがある。そして、まさかり。いわれてみれば、わたしも本物のそれなど見たことも、持ったこともない。当たり前だ。しかし、大西にいわれると、そこから人生の何事かを引き出せるような気にもなる。

眠られぬ母のためわが誦《よ》む童話母の寝入りし後王子死す　岡井　隆

ここにゐて死ぬまで遊べかなぶんのぶるぶるとゐるに糸をつなげり　森岡貞香

三十八　王子と母

三好達治は、《――海よ、僕らの使ふ文字では、お前の中に母がゐる。そして、母よ、仏蘭西人の言葉では、あなたの中に海がある》といった。《mère＝母》の中に《mer＝海》がある、というわけだ。これを収めた『測量船』が出たのは昭和の初めである。

時のフィルムを巻き戻せば、文化年間、小林一茶が《亡き母や海見る度に見る度に》といっている。上総での作。《見る度に》の繰り返しから、尽きぬ波の動きと轟々たる潮騒の響きが浮かぶ。並べると、三好達治が一茶に近寄り、話しかけるのが見える。三好はやがて木切れを手に取り、砂浜に、海や母、mère や mer と書き始めるのだ。

一方、短歌の領土に目を向ければ、春日井建の『井泉』（砂子屋書房）にこういう作がある。

■毒といふ文字のなかに母があり岩盤浴をしつつ思へる

《岩盤浴》は物見遊山ではない。どういう時に詠まれたか語らずに引いてはいけないのだが、あえて置く。

ところで子を眠らせようと童話を語るのは、普通、母だろう。しかし小野興二郎《おのこうじろう》に、色合いの違う歌がある。

■王子ひとり旅立たせたる物語母が読むときすさまじきかな

さらに岡井の冒頭の歌では、《眠られぬ母のため》《童話》が《誦》まれる。子はすでに成長している。成長の果てには、死もある。だがそれは、母の最も忌むところだ。王子は、母が寝入るまで死ぬことが出来ない、許されない。愛という束縛は、時に愛される者にとって重い。そういってしまえば理屈になる。岡井の言葉は、それを越え、見事に短歌の国を開いている。感嘆するしかない。

ところが、信じられないことに『私の戦後短歌史』のあとがきを読むと、岡井が若き日、これを歌会に出したところ、《「王子の死ぬ童話なんてありえない」とリアリストらしく批判》した人がいたという。

さて、少年を歌った母として、まず浮かぶのは森岡貞香《もりおかさだか》だ。第一歌集『白蛾』の帯を、三島由紀夫が書いている。

森岡貞香さんは、ながい中国派遣から還られた御主人の急逝によつて、それまで十年来いそしんで来た短歌の道を、自分の生きる道としてはつきりつかみ、それにすがつて強く生きて来られた。われわれ文学を職業とするものは、文学が生の道標となる素朴な力を、ともすると見失ひがちであるから、今、森岡さんの清冽な作品にふれて、改めてその力に目をみひらかされる思ひがする。生のきびしい体験をとほして、作者の見た自然や子供の姿が、かへつて溌剌とした生の呼吸をつたへて来るのは、この歌集をよむ人が必ず発見するおどろきであらう。

《急逝》は、こう語られる『定本　森岡貞香歌集』（砂子屋書房）の形で引く。《夫の遺骸あるとふ部屋に入らむとし連れ来しをさなき我子を見たり》《われと子を一束にして抱き揺りし巨き腕かくこはばりいます》《父の顔忘るるなと子は棺の高さまで抱きあげられぬ夫の友等に》《からだこほりのごとくなりても若かりきなまなましかりき夫のなきがら》。

だが、より強い印象を与えるのは、命を受け継いだ子についての歌だ。

■うしろより母を緊めつつあまゆる汝は執拗にしてわが髪乱るる
■拒みがたきわが少年の愛のしぐさ頤《おとがい》に手触り来その父のごと
■つくづくと小動物なり子のいやがる耳のうしろなど洗ひてやれば

森岡には、葡萄とかなぶんの歌がある。変わった取り合わせだが、作者にとっては必然なのだろう。『白蛾』から二十数年後の『珊瑚数珠』（石畳の会）を開くと、こうある。

■葡萄のたね吐けどもかなぶんを撃ちあへねひととせ後のまた熱き夜

難しい。《撃ちあへね》は《撃ちあへず》の已然形止めだろう。しかし、《かなぶんこそ撃ちあへね》ではない。《葡萄の種は吐いても、かなぶんを打ち殺しかねる、だが――》という逆接だろうか。それと熱い（暑いではない）夜が、どう繋がるのだろう。

別の夏に、《月明とは遠き破壊音わが家の黒屋根のうへに汝は行きて見る》に始まる一連がある。《夜の窗《まど》の外側より来て青銅の翅鳴りにけりすぐ死ぬる蟲》《青暗の翅もちぢまり滅ぶると卓上の夜の葡萄かがやく》とあり、最初に引いた一首へと続く。《かなぶんのぶるぶる》に怖ろしいほどの実感がある。

それからさらに、十数年が過ぎた『百乳文』（砂子屋書房）には、眠れる母の歌がある。《おもむろに醒めねばならず急に起こしてならぬなりねむりゐる母》。これは、当時九十を越していた森岡の母のことだろう。《ぶだうの粒九十かぞふ血をわけし者と離れて住みてゐるわれ》を読むと、葡萄の粒が年のようでもある。また、こういう歌もある。

■逃げてゆく子に天瓜粉をまぶしたるもおもひ出づああ時のめぐれり
■少年を恋ひつつうたへるみづからがうた　こゑに出でて願文のごと
■かなぶんぶきたらずなりて灯のもとの葡萄の黒き房も消えたり

丈高きポプラのがうがう鳴つてゐる球場にただ踊る猫あり
梶原さい子

かくこうのまねしてひとり行きたれば人は恐れてみちを避けたり
宮沢賢治

三十九　猫と　かくこう

■反りかへるバナナの皮を剝くやうに列島に春なめらかに来る

梶原《かじわら》さい子の歌集『ざらめ』（青磁社）の巻頭歌だ。大きく、しかもすんなり胸に入って来る。なるほど、季節はこのように生まれ変わる。バナナの皮が、半ば以上、剝かれた時、梶原のいる宮城県にも春がやって来る。

一方、冒頭にあげたのは秋の景ではないか。台風の前や後には、気象条件が不安定になる。空が轟々と鳴りわたる。今年もそういう音は、何度か聞いた。見上げれば天を衝くポプラの梢が、手の先を動かすように揺れている。ポプラと空が一体化し、音はその混然たる中から響いて来る。そこで具体的な場所が示される。《球場》とは即ち、我々人間のための施設、人がいてこその場だ。しかし今、天候のせいで、ここには選手も観客もいない。いるのは――猫だ。大きな眺めがまず球場に絞られ、さらに小さな猫という一点に絞られる。

だが、そういう巧みさだけでは、これほど印象的な歌にはならなかったろう。言葉とは不思議なものだ。この作の要は、《ただ》という一語にある。《ただ……あり》と考えれば、人間のいない空間に猫だけがいる。《ただ踊る》なら、日常を越えた不穏な響きを伴奏に、猫の手が、足が動く。ひたすら、ひたぶるに、いちずに、でもあろうし、意味を越えて、でもあろう。《頰づゑの凝視のくしやみの三人のサトウカナコが棲める教室》と詠む梶原には、こういう作もある。

▍千人が朝やつてきて千人が夜に帰りきたぶん帰りき

この場合なら、ひと目で《たぶん》が歌の要であると分かる。しかし猫の歌の《ただ》も、同様なのだ。

描く者は、多くの場合、普通ではない目を持っている。梶原は、台所でも見る。

▍ぐらぐらと光はねぢれ鍋底をふとよぎりたる鳥のありたり

こういう歌を読むと、わたしは、かっこうを思う。宮沢賢治《みやざわけんじ》の「セロ弾きのゴーシュ」で、まずゴーシュの家を訪ねるのは猫。続いて、かっこうではなかったか。かっこうは、ひたすら鳴く。自分より、かっこうの方がいいような気がして来たゴーシュは、セロの手を止める。

するとかくこうはどしんと頭を叩かれたやうにふらふらっとしてそれからまたさっきのや

うに「かっこうかっこうかっかっかっかっかっ」と云ってやめました。それから恨めしさうにゴーシュを見て「なぜやめたんですか。ぼくらならどんな意久地ないやつでものどから血が出るまでは叫ぶんですよ。」と云ひました。

《かっこうかっこうかっかっかっかっかっ》ではないが、賢治は友人保阪嘉内への手紙の中で、《専門はくすぐったい。学者はおかしい。／実業家とは何のことだ。まだまだまだ。》と書き、こう続ける。

しっかりやりませう。‐しっかりやりませう。‐
しっかりやりませう。‐しっかりやりませう。‐
しっかりやりませう。‐しっかりやりませう。‐
しっかりやりませう。‐しっかりやりませう。‐
しっかりやりませう。‐しっかりやりませう。‐
しっかりやりませう。‐しっかりやりませう。‐
しっかりやりませう。‐しっかりやりませう‐
しっかりやりませう‐しっかりやりませう
しっかりやりませう‐しっかりやりませう
しっかりやりませう‐しっかりやりませう ｝しっかりやりませう。

少なくとも、普通ではない。

賢治は、「毒もみのすきな署長さん」や「クヽねずみ」のような物語を生み出す人でもある。優れた表現者は単純ではない。異形の者でもある。冒頭に引いた歌のような人が手を広げ、通りの向こうから、かっこうかっこうかっこうとやって来れば、誰しも《みちを避けた》くなるだろう。

賢治には、またこういう歌もある。

■わが腮《あご》を撫づる床屋のたちまちにくるひいでよとねがふたそがれ

これを読んで志賀直哉の短編「剃刀」を思い浮かべるのは、自然なことだろう。書かれたのが明治の末、それを収めた志賀の第一短編集『留女』発行が大正二年。当時、文芸に興味を持つ人間なら、ほぼ手にした本ではないか。そして、この歌は大正五年の作だ。響いていないという方が無理だろう。

高熱を発し手も震える床屋の主人芳三郎が、剃刀を手にする。志賀ならではの筆致が、読者に凄まじい緊張を強いる。その物語を読んで、こういう歌を作るのが、いかにも賢治らしい。

寺山修司の《床屋にて首剃《そ》られいるわれのため遠き倉庫に翳《かげ》おとす鳥》の巧みな不安に比べると、無技巧の生々しさは、身も蓋も無いほどだ。

最後に、梶原の『ざらめ』の歌を、もう一首、引く。

■ふいに猫何処かへ行つて仕舞ひけりそれきりけふまで未だ秋

シースルーエレベーターを借り切って心ゆくまで土下座がしたい　斉藤斎藤

疾風はうたごゑを攫ふきれぎれに　さんた、ま、りあ、りあ、りあ　葛原妙子

四十　祈り

大田美和の『葡萄の香り、噴水の匂い』（北冬舎）に、《文学愛好家、臆せず理論家に質問す》という詞書《ことばがき》のついた、こんな歌がある。

■あなたの理論は素晴らしいけど愛すべき登場人物《マギーとトム》はどこへ行ったの

国際ジョージ・エリオット会議という言葉がその前にある。そこでこれが『フロス河の水車場』の《登場人物》、マギー・タリヴァーと兄のトムと特定出来る。筑摩書房の古い『世界文学大系』で読んだのが、半世紀近く前だ。細かいことは忘れている。それでも最後の洪水の場面が、たちまち眼前に浮かぶ。懐かしくなって書棚から本を引き出すと、月報の川本静子の文章が、目に飛び込んで来た。――この作は《小説理論に無縁の一般読者に（そしてこれが、理想の読者なのだが）、ぐっと訴える》。

時を越え、言葉と言葉が響き合うのを見た、聞いた。

歌のいいたいことは、『フロス河——』を知らなくても分かる。しかし読んでいれば、一般論としてではなく、心に入って来る。それは確かなことだ。読者が、どういう経験を経た末に作品に巡り合うかは、運命としかいいようがない。

最初に引いた歌は、斉藤の『渡辺のわたし』にあるのだが、さて、ドストエフスキーの読者は、ジョージ・エリオットのそれより多く、『罪と罰』を読んだ人なら『フロス河の水車場』を読んだ人の、百倍以上いるだろう。

となれば、この歌に接した時、多くの人の脳裏に、次の一節が浮かぶ筈だ。小沼文彦《こぬまふみひこ》訳で引く。


不意に彼はソーニャの言葉を思い出したのである——『十字路に立って、みんなに頭を下げて、地面に接吻なさい、だってあなたは大地に対しても罪を犯したわけですからね。そして全世界に向って大きな声で「わたしは人を殺しました！」と言うのですよ』という言葉を。このことを思い出すと、彼は全身をわなわなとふるわせた。そしてあれ以来ずっと、ことに最後のこの数時間、どうにも逃れようのないわびしさと不安に、彼はもうすっかり圧しひしがれていたので、彼はそのままこの純粋な、新しい、充実した感情の可能性のなかへ頭からとびこんでしまった。その感情は一種の発作のように不意に彼におそいかかり、彼の心のなかではじめは一つの火花であったものが、とつぜん、火のように彼の全存在をとらえてしまったのである。彼の内部のありとあらゆるものが一気にやわらげられ、涙がどっとあふれ出た。彼は立っていたままの姿勢で、ばったりと地面に倒れた……。

やがて彼は広場の中央に膝をつくと、地面につくほど頭を下げ、愉悦と幸福な気持につつまれて、その汚ない地面に接吻した。彼は立ちあがると、もういちど頭を下げた。

多くの人の、胸を衝《う》って来た場面だ。人間の持つ、根源的な感情の動きが描かれている。《愉悦と幸福な気持》は身勝手だろうが、斉藤の《心ゆくまで》にも自己満足の甘さがある。それが反感より共感を呼ぶのではないか。取り巻き、驚き、笑い、蔑む十字路の人々の目が、ここでは《シースルーエレベーター》の彼方に用意されている。《土下座》という下世話な言葉が、端的に演技性を表し、大いなる許しとの隔たりを感じさせる。不毛であり《心ゆく》ことはない。だからこそ、《したい》は常に《たい》で終わる。

文学全集的にいうなら、一方、次の感慨は、昔の私小説にありそうなものだ。しかし《斉藤斎藤》の作——となると、《病に》などという古めかしいいい方も含め、一字一字その人らしいから、不思議だ。

■ふとんの上でおかゆをするあと何度なおる病にかかれるだろう

ラスコーリニコフも斉藤斎藤も男だが、一方、葛原妙子《くずはらたえこ》ならこうなる。土下座とは、ほど遠い。『飛行』（白玉書房）の一首。

■謝罪すべきいくばくの生活《くらし》とめつむれりしかあり、やがて更に瞠《みひら》き

《めつむれり》そして《しかあり》と思っても、葛原の顔は伏せられたままではいない。読点の後、《更に瞠》かれる目——その強さに、たじろぐしかない。

冒頭の歌は、『朱霊《しゅれい》』（白玉書房）にある。サンタマリアという声が、疾風に千切られ散乱する。《さんた、ま、りあ、りあ、りあ》と。祈りはついに、天に届かないのか。だがむしろここには、非情な恍惚すら感じられる。

さて、経験ということでいうなら『フロス河の水車場』を読むより前、中学生の終わり頃、わたしは父にせがんで、東京で開かれたダリ展に連れて行ってもらった。秋だった。美術館ではなかった。

画家らしい人が、大声で一点一点の絵を解説していた。公式の説明者ではなかった。それについて、十五人ぐらいの人が移動していた。他の展覧会では見ない眺めだった。普通でない人がいるのも、ダリ展にふさわしかった。買ってもらったカタログは、繰り返し開いた。

そんなわけだから、葛原の『葡萄木立』（白玉書房）にある次の歌を読んだ時、《尾》はダリのものに思えた。《秋の曇天》は、そのように尾を垂れる、と。

■坂の上にしづかなる尾を垂れしとき秋の曇天を魚といふべし

絵巻物右から左へ見てゆけばあるとき烏帽子の人らが泣けり

中津昌子

雪降りの夜をはしゃげる如くして人間殴り合うぞ路上に

浜田康敬

四十一　絵の中の人

■暴王ネロ柘榴を食ひて死にたりと異説のあらば美しきかな

葛原妙子《くずはらたえこ》『朱霊《しゆれい》』にある歌だ。塚本邦雄は『百珠百華―葛原妙子の宇宙』（花曜社）で、《確に、そのやうな異説があつたとしたら、楽しくもあり美しくもある》といっている。どこからこの異説が導かれたのか。わたしは太宰治の「古典風」だと思っていた。塚本さえ触れていないのだから知られていないのだろう――と考えながら、ネットで確認すると、すでに中西亮太氏が書いていた。その通りだろう。ネロと柘榴がすんなり繋がる。

史実はともかく太宰の短編「古典風」の中では、ネロの父は凶悪無残のブラゼンバート。《石榴を種子ごと食って、激烈の腹痛に襲われ、呻吟転輾の果死亡した》という。

太宰は作品の冒頭によく引用句を置いた。寺内寿太郎の詩句《生れてすみません》も、「二十世紀旗手」に《生れて、すみません》として使われた。出典を明記しなかったのは問題だが、エピグラフであり、盗作という非難は当たらない。しかし、今日では多くの人から作中の言葉と思われている。そうであってほしい——と、人が願うからだ。太宰にはそういってもらいたくなる。同様に葛原も《ネロがネロであるなら、死因を父から奪ってほしい》と思ったわけだ。

■少年は少年とねむるうす青き水仙の葉のごとくならびて
■折られたる百合のごとくに裸身折り少年は短き髪を洗えり

前者が葛原『原牛』（白玉書房）の、後者が中津《なかつ》昌子《まさこ》『遊園』（雁書館）の作である。体温の低い少年達だ。男には作れない歌だろう。

中津の歌集を読んでいると総体として冷え冷えと静かに、何かに耐えている感じがした。だからこそ『芝の雨』（角川書店）の、

■一樹蟬となり果てて鳴く下に来て何があれほどつらかつたのか

という、夏の音が降り注ぐ情景にはっとし、作者の思いがこちらの思いとなった。

冒頭に引いた作は、中津の第一歌集『風を残せり』（短歌新聞社）にある。一読、心に残った。絵巻物を引き出しては巻き取りながら見て行く。するとそこに泣く人の姿があったという——それだけのことだ。であるのに、なぜこれほど忘れ難いのか。

巻かれることによって、眼前に物語が展開する。それは時間と人間の関係そのものではないか。哀しみは巻物の中に収められ、やがて避け難い姿を現す。都合のいい落丁は起こらない。

《あるとき》は必ず《またあるとき》であり、《またまたあるとき》なのだ。そのことが我々の心に迫るのではないか。

同じ歌集にある《オオオニバスの葉には子どもがひとりずつ座りてとおい母を待ちおり》も、歌で描かれた絵だ。

一方、浜田《はまだ》康敬《やすゆき》の歌には、顔を、普通ならそむける方に向かされる感がある。第一歌集『望郷篇』（反措定出版局）の解説を塚本邦雄は、こう書き始める。

　豚の交尾終わるまで見て戻り来し我に成人通知来ている

浜田康敬はみづからの二十歳をこのやうに記念した。正確に言へば呪つたのであらう。少くともここに頌歌の趣は皆無であり、当然のことながら感傷は微塵もない。さらに言ふなら無感動と呼ぶ艶消しの感動すら翳を止めず、有るのは青春への憎悪と愛想尽かしであり、ひいてはかく呪はねばならぬ不条理への告発だつた。

ところが、『望郷篇』の巻頭歌はこうだ。

残業は日々続きいてポケットに少女の名前の活字秘めつつ

印刷所で働いていたのだ。意外なほど若々しい歌だ。浜田は巻末の覚書で《仕事中になど、ふと短歌の発想が浮かんできたりすると、そのことばを活字で拾いながら一首の作品を作ったりしていた》という。この《活字》が、今の若い人に分からない。印刷された文字を切り抜いたのか――と思われたりする。

　わたしが生まれ育ったのは小さな町だったが、それでも印刷所はあった。役所や会社、学校などが仕事を依頼したのだろう。個人でも、年賀状の印刷などを頼んでいた。中を覗くと、活字の棚が見えたものだ。ワープロが一般的になり、こういう町の印刷所も姿を消した。あの活字達はどこに行ったのだろう。

　最初に引いたのは北国の景。これが、わたしには一枚の絵に思えた。雪も人も動いている。その一瞬を荒い筆使いで描いたもののようだった。画面は、あまり大きくない。中津の《絵巻物》の人が、喜怒哀楽の哀を表しているなら、こちらは怒の図。それが《はしゃげる》ように見える。喜は怒の隣にあるのだ。

　歌集『百年後』（角川書店）の中からも、幾つか抜いてみる。

■人と会うことが嫌いで早朝のわが散歩道くねくね曲がる
■「爪みがき」もとより猫には読めぬ文字解《ほど》けば猫が爪磨き始む
■獣《けだもの》と獣《けもの》の違い語りいて「けだものはさしずめ浜田さんかな」
■極彩色のボートに次々人乗せて入水自殺者探しにい行く
■トイレットペーパーをいつも取り替えるめぐり合わせはわれに多かり

言語二種喋れるやうな気になりて白梅紅梅の林を出づる　大森益雄

人間のつかはぬ言葉
ひよつとして
われのみ知れるごとく思ふ日　石川啄木

四十二　非在の言語

■瓶にして今朝咲きいづる白梅の一りんの花一語のごとし

安立《あんりゅう》スハルの歌。『安立スハル全歌集』（柊書房）に収められている。《瓶にして》とあるが、昔のことだ。置かれているのは、ストーブやヒーターのない部屋だろう。室内とはいえ、甘やかされて開くのではない。枝を切り取られる――という逆境にあっても、身に迫る寒気の中、蕾は《今朝》という必然の時を知って咲く。誓いを守るように。

数える言葉《りん》の《輪》が、耳に《凜》とも響く。そういう花の姿に、画家ならひとつの色を見、音楽家はひとつの音を聞き、そして歌人は、ひとつの言葉を読む。

一方、桑原正紀《くわはらまさき》の『妻へ。千年待たむ』の次の歌は、妻を介護する中から生まれた。

■梅の木より桜の花の散るやうな不思議な言葉ときをりこぼす

いいようのないところを、言葉を花と見ることによって乗り越えた。寄り添う心が歌となる。また、中津昌子は『風を残せり』の中で、存在しない花について記す。

■杞憂とは花の名なるかと子が聞けり　そう、美しい花かもしれぬ

言葉の響き、文字の形が、あえかな、薄い花びらの幻影を呼ぶ。ジュリエットが薔薇の名前について口にした昔から、そしておそらくはそれ以前から、言葉と花については様々に語られている。

ところで冒頭に引いた大森益雄の歌だが、『水鳥家族』（短歌研究社）にある。ここでの花は一輪ではない。――単語ではないのだ。

梅林の中を歩くことにより、白梅国、紅梅国を旅し、その《言語》を身につけてきたかのようだ――というところに、何ともいえぬ妙味がある。古譚の中なら、一瞬に一生分の時も流れる。大森は、遠い中国の物語に入り込み、長い旅の後、抜け出て来たようだ。

存在しない言語――とは、実に魅力的な設定である。子供の頃、ギリシア神話や北欧神話を読み、自分でもそれを作ってみたくなった。農業の神や、芸術の神など、色々に考え、名を付け、それらの神々の支配する国の地図を描いてみたりした。世界創造の面白さを感じたわけだ。

図書館にはまだ、異界を舞台にしたファンタジーなどなかった。読んだら、《同じようなこ

いか。

とを考えているな》と思ったろう。

エスペラント語というものを知った時も、その意義などよりも、まず《ない言語》を創造する――ということが、たまらなく面白かった。新言語の構築は、そのまま新世界の構築ではないか。

トンマーゾ・ランドルフィに「無限大体系対話」(和田忠彦訳『カフカの父親』国書刊行会所収)という短編がある。

語り手の友人Yが話す。

――イギリス人船長に出会い、得意だというペルシャ語を習った。会話もその言葉で交わし、細かい奇妙な文字も身につけた。一年余りして、船長は旅立って行った。

詩を書けるほどになっていた友人は、ペルシャ語の本を読んでみたいと思い、取り寄せる。だがそこに並ぶ言葉は、自分が習得したそれとは似ても似つかぬものだった。《船長はぼくにペルシャ語を教えたんじゃなかった!》。それは、地上に存在しない言語だった。

Yは叫ぶ。

《そのなかに、ぼくは自分のありったけの力を注ぎ込んだんだ! ぼくの三つの詩は、いったいどんな詩だと言えるんだ? ありもしない言葉で書かれたなんて、まるで何も書かなかったのと同じじゃないか!》

読めるのが一人であった時、それは芸術なのか――と話は進んで行くが、そうなる前の非在の言語の部分だけで、わたしには十二分に面白い。

さて、大森の『水鳥家族』の歌を幾つか引く。

■天の投網　弔ひの家越ゆるとき椋鳥千羽傾くゆふべ

大きな絵だ。

言葉についての次の歌には、《何が正しいのか、人生とはまさにそうであるのに……》という思いがある。続く作では、ゲニスタ――イニエスタ――エニシダと連なる響きが、咲き続く花々の姿を浮かび上がらせる。

■諺のテストの答　後悔があとをたたずに×をつけたり
■ラテン語ゲニスタその訛りスペイン語イニエスタ満開の金雀枝

ところで初めに引いた石川啄木の歌は、彼の作中でも、忘れ難いもののひとつだ。

啄木は、自己愛、自らの才能への自負を様々に語る。中でも、この《人間のつかはぬ言葉》を《ひよつとして》自分だけが知っているのではないか……というのには、すっと境界を踏み越えたようなスリルがある。神に許され、手にする鍵。自分は特別な扉を開くことが出来る――と思う。だが我に返り見返した手には、それがない。

■非凡なる人のごとくにふるまへる
後のさびしさは
何にかたぐへむ

蛍田てふ駅に降りたち一分の間《かん》にみたざる虹とあひたり

小中英之

春宵の酒場にひとり酒啜る誰か来んかなあ誰《だ》あれも来るな

石田比呂志

四十三　ひとり

■大角豆とふ読めざる角を左折して筑波学園都市に迷へり

大森益雄の『水のいのち』（雁書館）に、こういう歌がある。《大角豆》は読めないわけだから、発音出来ない。そこで、振り仮名も付いていない。この歌を音読しようとしたら、どうなるのか。——文字の形でしか表現出来ない歌だ。

一般的な読みは《ささげ》となるだろう。佐藤佐太郎《さとうさたろう》の『歩道』（八雲書林）に、こういう歌がある。

■店頭に小豆大角豆《あずきささげ》など並べあり光がさせばみな美しく

なるほど豆類をじっと見つめると、確かに内から滲み出るような美しさがある。ささげは小さくて、赤飯に入れたりする。そういわれれば、あれか――と思う豆だ。菓子の材料にもなるらしい。大辞林によれば、《ささぎ》ともいう。地名の読み方は難しい。大森の作の場合、続く歌に振り仮名が付き、答えが出る。

■大角豆《ささぎ》とふ角がほんたうにあるのかと小中英之氏確かめに来し

ここで心を引かれるのは、《大角豆》の読み方よりも、そういう名を持つ《角》があると聞き、わざわざ筑波学園都市まで出掛けて来る小中英之である。

和歌の世界でよく知られたエピソードに、『無名抄』のこんな一節がある。試験問題にも使われるところだ。『馬場あき子と読む　鴨長明　無名抄』（短歌研究社）で、栗木京子氏が解説している箇所を引く。

雨の日に、人々が集まって昔話をしていて「ますほの薄《すゝき》」とは一体どのような薄なのかと言い合っている時に、ある老人が「摂津の国の渡辺という所にそれを知っているお坊さんが住んでいる」と言い出した。それを聞いた登蓮法師が「蓑・笠をしばし貸して下さい」と言って慌てて出かけるので、人々が不思議がって理由を尋ねると、「渡辺に出かけるのです。日頃不思議に思っていたことを知っている人がいるとわかったのだから」と、皆が制止するのも聞かずに、そのお坊さんに訊きに会いに出かけてしまった。

激しい風雨の中を摂津へと向かう登蓮法師。千年近く前のその姿に、小中英之が重なる。小中でなければならない。第一歌集『わがからんどりえ』（角川書店）に寄せた、師安東次男《あんどうつぐお》の言葉がある。「小中英之の歌」と題されたそこには、昭和五十一年秋のことが書かれている。

吾家に現れた英之に、私は、何のために歌を作るのかと問うてみた。答は、鎮魂のため、季節のため、それから面白い言葉や地名の一つにもせめて出会いたいためだ、と即座に返ってきた。言や良し、これはたいそう私の気に入った。ことは詩一般ではなく、盛るべき器あってのことであるから、歌人なら誰でもこういうふうに普段の考を整理するというわけにはゆかない。鎮魂云々はともかく、後の二つについては、日常即事を詠む風になじんだ現代の歌人には、なかなかこれは肯えぬのではないか。むろん、観念の砦に立籠ってひたすら内面凝視に泥んでいても、こういうことは言えぬ。これらの歌の佳さは、虚実相鬩ぐ感覚の迫間に、ときに荒くときに穏かな呼吸の自然にのせて、粘りのある調べを作り出したところにある。そこに、英之の言う季節のうつろいや片々たる物の名が深く関っている、ということを私は言いたい。

そして、そういう作として、冒頭に引いた《蛍田》の歌をあげている。歌集『翼鏡』（砂子屋書房）に収められた。小中といえば、多くの人が反射的にあげる代表歌である。

駅の名を歌ったものとして、例えば大森益雄の、前回も引いた『水鳥家族』に、次のような作がある。

■速星《はやほし》といふ美しき駅中を高山本線鈍行が行く

日本の北から南、どれほどの駅があるのだろう。そして蛍田は、小中に会うために存在し、小中をずっと待っていたのだ。

虹を見上げた時、小中は一人だったろう。そう思う時、なぜか一方に、石田《いしだ》比呂志《ひろし》『九州の傘』（砂子屋書房）の歌が浮かんで来た。蛍田から遠く遠く離れた酒場で、杯を手にする石田。

――誰か来んかなあ、……誰あれも来るな。

つぶやく時、はるかな空に虹がある。

ところで石田の『閑人囈語』（砂子屋書房）中に、地名についての言葉がある。石田は、熊本の秋津新町に流れ着き、安住の地を得た。ところが市役所から通達が来た。石田の住む辺りを《東野》にするという。抗議など通ろう筈もない。ご近所の酒飲み仲間は、酒杯を交わす度に《わが家は秋津新町一丁目一番地であると声を大にして自慢たらたら東野一丁目の私をことさら睥睨なさるが、地名でこれ程の屈辱を受ける事になろうとは夢にも思わなかった。日夜、口惜し涙の乾く暇とてないのである》という。《あきつ》という響きへの愛である。

同じ本の「長酣居四季」にある石田の作。

■お庭先拝借させて下さいと旅の蝶々が息引き取りぬ

そして小中の歌。

■今しばし死までの時間あるごとくこの世にあはれ花の咲く駅

煙草火を借ると寄りきし少年の髭伸びて丸め持つ妖婦伝　大野誠夫

マガジンをまるめて歩くいい日だぜ　ときおりぽんと股《もも》で鳴らして　加藤治郎

四十四　時代の空気

昭和三十二年、尾崎左永子《おざきさえこ》が松田さえこの名で出した『さるびあ街』（琅玕洞《ろうかんどう》）を、古書店の棚に見つけた時は嬉しかった。

きざし来る悲しみに似て硝子戸にをりをり触るる雪の音する

戦争に失ひしもののひとつにてリボンの長き麦藁帽子

憎まれてゐる意識あればことさらにやさしき吾か嘗ても今日も

水盤に湛へし水に黒き虻溺るるさまをながく見てゐつ

作者にとって、つらい時期の歌だが、次の一首は、人に語られることが少ないのではないか。

ためらひもなく花季《はなどき》となる黄薔薇何を怖れつつ吾は生き来し

わたしが、ここでページをめくる手を止めるのは、中井英夫を悼む夕べの席上、尾崎左永子が『虚無への供物』のヒロイン、奈々村久生《ひさお》のモデルと紹介された時の、どよめきを思い出すからだ。無論、『さるびあ街』を読んで浮かぶ現実の尾崎像と久生は全く違う。むしろ、中井がその一面に、空想の久生を見たとしたら、それが救いとなるような生身の苦悩がある。だが、思い出す。希有の物語の冒頭、投じられるのは——黄薔薇だった。

「あらいやだ、まるで、ここを狙って投げたみたいじゃないの」

これが長大な『虚無への供物』の、最初に発せられる登場人物の言葉。薔薇を拾い囁くのは、久生だ。その後、彼女は花言葉について語る。実際には肯定的な意味もあるようだが、久生はいう。

「でも、ごぞんじかしら？　黄いろの薔薇は花言葉が良くないのよ。嫉妬とか、不貞とかって」

余計なことだが、わたしはふと、尾崎と中井は黄薔薇の花言葉について、会話を交わしたことがあったろうか——と思う。

『虚無への供物』の背景には、《戦後》という時代が、必然のものとして、果てしなく広がる。無論、時代と無関係な本はないが、大野《おおの》誠夫《のぶお》の『薔薇祭』は、その色をとりわけ強く見せるものだろう。

わたしは、《絶版十五年、読者の要望に応えて再版》という一九六七年の桜桃書林版を持っていた。

■片隅に犇《ひし》と倚り添ふ浮浪孤児漂ふごときこの実在よ

■石のうへ肩すりよせて眠りしが寒き朝明けにいくたりか死にぬ

敗戦後の東京で見られた情景だ。歌集の書名は、苛酷な内容と一見、似合わない。大野は後記でいう。《焼け跡へ慌しく建つた映画館で、ユーナイテッドニユースの「薔薇祭」の実況をみた。西洋の或る小さな国の平和をいのり、平和を祝福するお祭である。窓といふ窓から無数の薔薇の花が撒かれ、そのなかで市民はたのしげに歌ひ、しづかに踊りめぐつた。あたかも匂ふやうであつた》と。

まさにそのままだが、歌としてはこうなる。

■永遠の平和をねがひ薔薇献《ささ》ぐる祭あり西洋の小さき国に

我々が遠くから見るのと、当時の人々が見るのとでは全く違う。切れば血の出るような思いが、あったろう。この歌集の持つ空気感は、まさにその時代のものだ。

■兵たりしものさまよへる風の市《いち》白きマフラーをまきゐたり哀《かな》し

特に知られた一首。絹のマフラーは、戦闘機乗りの誇りの象徴だった。わたしには、冒頭の歌も、この《市》のようなところでのものに思える。煙草から煙草に移る火の色が点じられる夕景。相手が《少年》であること、そして《丸め持つ妖婦伝》が、時代を鮮やかに切り取る。

わたしは最初読んだ時、これをブラントームの『艶婦伝』かと思った。それもまた、この《少年》に似つかわしいのではないか。戦後すぐの本には、柔らかな紙表紙のものがかなりあった。だが当時の、形状として《丸め持つ》ことの出来る『艶婦伝』を見つけられなかった。あるいは、戦後の街に溢れた、扇情的な雑誌のことかも知れない。

わたしが子供だった頃、駅前通りを夕暮れ時に歩くと、今川焼きの香りが流れ、人々が行き交っていた。その感じが、また微妙に、わたしの胸のうちでこの歌の世界に繋がった。

『薔薇祭』には大野が特に頼んで入れた林忠彦の写真が入っている。《作品の生れでた環境を説明する代りに》これを使わせてもらうと、大野はいう。地下道に寝る母子、母の頭の手拭には《私奉》の文字が見える。《滅私奉公》だ。そしてまた娼婦の姿など。だが再版を出す時には、北国新聞社から出した初版の表紙に使った一枚が見つからなかったという。

その初版を、ようやく手に入れることが出来た。表紙は、《焼けほころびた旧参謀本部の窓》に腰をかけ、密会か交渉か、何事か話している男女の、遠い姿だ。ぼろぼろに破壊された日本軍中枢の壁との対比が凄まじい。歌は、歌として存在する。だが、本が、本として存在することも事実だ。この形に意味のある一冊だ。

『薔薇祭』から数十年、加藤治郎《かとうじろう》が歌った《時》も確かにあった。『サニー・サイド・アップ』(雁書館)の一首。世界中が《いい日》であればと願う。

そこからまた、月日は流れてしまった。

子の運ぶ幾何難問をあざやかに解くわれ一夜かぎりの麒麟

小高　賢

蜂の巣のあるところまでわが妻に案内《あない》をされてあとは任されき

中地俊夫

四十五　男の出番

■父として幼き者は見上げ居りねがわくは金色《こんじき》の獅子とうつれよ

佐佐木幸綱《ささきゆきつな》、『金色の獅子』（雁書館）の一首。父たる者のかくありたいという願いだ。しかし、現実は甘くない。《金色の獅子》の一家があったとする。だが、同じ屋根の下にいたら、獅子であろうと舞台裏を見られてしまう。そうなれば子獅子は、ほかのうちの――例えば子鹿に、

「お父さん、凄いね」

といわれても、フンと笑い、

「うちじゃあ、ただの親父だよ」

と、答えるだろう。

冒頭の一首は小高賢《こだかけん》の『太郎坂』（雁書館）から引いた。同じ歌集に、こういう歌がある。

■「自分勝手だ」妻の批難を端緒とし家族混声三部合唱

小高の歌を読んでいると、真摯に自分を裏切らずに生きて行こうとする姿が浮かぶ。家庭においては、やや意固地な父だ。

『太郎坂』には《家中のもののあり処は妻病めばいっさい謎のごとく暗みぬ》とある。《妻》は、歌人の鷲尾三枝子《わしおみえこ》。その歌集『まっすぐな雨』(短歌研究社)に小高の姿が、歌われている。

■あの蕎麦屋この自転車屋も同級と夫の散歩につきあう休日

■三七度七分の熱にうろたえる夫を叱りて氷かち割る

■眠れない夫かおおきく伸ばす腕闇にうかべるその腕かなし

■精神は肉体に先んずるつね前のめりなり夫の歩みは

『太郎坂』には《芭蕉へ》という前書きの付いた、芥川龍之介*的な歌もある。

■囲みたる弟子後援者《パトロン》のそれぞれに笑み配りつつ蔑《なみ》したりけん

冒頭の歌は、家庭にあって、金色の麒麟となった瞬間だ。こういう一瞬は、忘れ難い。わたしの場合でも、風呂場にクモがいるから取ってくれといわれた時、宿題に適切なアドバイスを与えられた時、車で送ってやって電車に間に合った時、などなど——自分が生きていてよかったと思えたのは、そういう、第三者から見たら何でもない、ごく些細な瞬間だ。

日常生活では、ここぞ男の出番——というのが、あまり劇的であるのは望ましくない。平穏無事でないからこそ、劇的になるわけだ。蛍光灯の取り替えぐらいが、平和な証拠だろう。冒頭の中地《なかち》俊夫《としお》の歌は、そういう《時》と、夫婦の姿を見事に切り取っている。『妻は温泉』（ながらみ書房）の一首。実によく分かる。

役に立った後、《妻》はぜひ夫を褒めてやってほしい。東海林さだおの、確か『アサッテ君』だったと思うが、一読忘れられない傑作があった。

夫が、肩を落として帰って来る。息子が母親に「パパ、落ちこんでるよ」。妻は「あら、そう」といい、「じゃあ、まあ、このへんかな……」と瓶を取り、夫に渡し、「ねー。これ、開けてくれる？」。受け取り、ぎゅっとねじり、開けて渡すと妻は「助かったわー。やっぱり、パパじゃないとダメねー」。夫の顔は、ぽっと明かりが灯ったようになり、元気を取り戻す。

——全くそうだよ、これなんだよ！

と、感じ入った。

■うなぎをば食はんと入りて天麩羅を注文したる己《おのれ》あやしむ

中地らしい歌だと思う。こういうことは実際あり、あるから頷ける。斉藤斎藤の歌《豚丼を食っているので2分前豚丼食うと決めたのだろう》を、思い出す。中地の歌集『覚えてゐるか』（角川書店）の歌を引く。

■洗濯物を男のわれが取り込めるさまは亡母をかなしませゐん

■この子らに言はるるだらう父さんはつまらぬ歌を作つて死んだ
■四十五年ぶりに出会ひて林君とこれが最後の将棋をさしぬ
■「七十歳のコンビニ強盗」といふ見出し付けられてゐる男のあはれ
■七十だつてコンビニ強盗ぐらゐする、記者に向かつて言つてやらうか
■朱《あか》き実を川に流しつづけたことぢいぢが死んでも覚えてゐるか
■人生を棒に振るため今日もまた夫は歌会に出てゆきました

《洗濯物》の歌を、保守的というのはフェアではない。生まれた世代によるのだ。昔は世間が、家事をする男を侮蔑の目で見た。状況は全く違うが、尾崎放哉の《漬物桶に塩ふれと母は産んだか》の、胸をよぎる哀しみを思う。

最後に『妻は温泉』の一首。

■暗い話はきらひと言ひてチャンネルは明るい妻が切りかへてしまふ

付記＊『侏儒の言葉』に、こう書かれている。――貝原益軒は乗合船で、書生が《滔々と古今の学芸を論じ》るのを黙って聞いていた。別れに際し姓名を名乗りあい、相手が誰か知った書生は無礼を謝した。――謙譲の美徳についての話かも知れないが、と芥川はいう。最後が《三　益軒の知らぬ新時代の精神は年少の書生の放論の中にも如何に溌剌と鼓動してゐたか！》で、文の形としてはこれが一番重いが、最初にあるのは、《一　無言に終始した益軒の侮蔑は如何に辛辣を極めていたか！》である。

しかたなく洗面器に水をはりている今日もむごたらしき青天なれば
花山多佳子

茹でられてしまつたけれどまだ剝かれずたまごは朝の空を見てをり
栗木京子

四十六　天

無残――といわれた時、わたしの胸にまず浮かぶのは《むざんやな甲の下のきりぎりす》より先に、《無残なるかな幼き者は、母の柳を都へ送る》である。浄瑠璃『三十三間堂棟由来《むなぎのゆらい》』の「平太郎住家ノ段」の一節。

三十三間堂の棟木となるため京都に運ばれようとする柳の巨木が動かなくなる。柳の精の子、緑丸が引き綱を取ると、木は動き出す。《コリャおれがかか様か》と泣く緑丸。何と複雑で哀しい《無残なるかな》であろう。

さて、冒頭の歌は、花山多佳子《はなやまたかこ》の『樹の下の椅子』（橘書房）の一首。ここにあるのは、今日が今日であり自分が自分であることのしかたなさだろう。しかし洗面器に水をはり、一日は始まる。始まってしまう。《青天》がむごたらしいのは、そんな《今日》を隈無く照らし出してしまうからだ。となれば《むごたらしき》という形容詞は、本来の働きを越え、《今日も》《昨日も》《一昨日も》に次々と響いて行く。

言葉のこういった力業は、同じ歌集の、やはりよく知られた次の歌にも見られる。

■リチャード三世のふりして寄れる父の掌が肩を把みぬ顔を歪めて

《リチャード三世》という名詞で、即座に決定される異形の感は、言葉の続き具合の奇妙さで増幅される。倒置法にしても、最後の最後に置かれる《顔を歪めて》がいかにも遠く、不安定だ。《ふりして顔を歪めて寄れる》が普通の形だろう。ここまで引っ張ることの落ち着かなさ——が、この場合は必然だ。

花山多佳子となると、花山周子《はなやましゅうこ》の『屋上の人屋上の鳥』（ながらみ書房）の、次の歌を思う。

■蒲団より片手を出して苦しみを表現しておれば母に踏まれつ

これを言葉に出来なければ、それまでになってしまう。強い母、多佳子に立ち向かえる、素晴らしい力だと思う。

日高堯子《ひたかたかこ》は「夢と現実の境目」（『黒髪考、そして女歌《じょか》のために』北冬舎）の中で、《花山多佳子の歌のなかで、わたしがまず思いうかべるのは夢の歌である》といい、次の歌を引き論じて行く。

■夢のなか硝子の破片拾いゆくしだいに大きくまぶしくなりぬ

■炎天の見知らぬ道をゆく夢のとある家吾子の靴干してある

■何者かの夢に見られているごとく直に歩めり広らな道を
■虫の如くに這いて出づれどもう一つ夢の範囲が待ち受けている

どれも闇の中に輝き、広がりがある。これを読めば、自分でも花山の夢の歌を拾うことになる。《論》の力を見せる、優れた羅針盤だ。

ところで、――夢といえば、栗木の『夏のうしろ』(短歌研究社)に、こういう一首がある。

■氷りたる松花江《スンガリー》越え馬橇にて君と逃げたり昨夜の夢に

夢という語に引かれるように、ここに現れ出る名は――夢野久作《ゆめのきゅうさく》でしかあり得ない。《氷》《松花江》《馬橇》《君と逃げ》。これだけ並んでいるのだ――夢野の代表作の一つ、中編「氷の涯《はて》」を連想するな、という方が無理だろう。「氷の涯」の中の、松花江は氷っていない。主人公はそこから、ウラジオストックに行き、やがて氷結した海へ馬橇で乗り出す。それこそが、完全なる逃亡の道だ。

> 月のいい晩だったら氷がだんだんと真珠のような色から、虹のような色に変化して、眼がチクチクと痛くなって来る。それでも構わずグングン沖へ出て行くと、今度は氷がだんだん真黒く見えて来るが、それから先は、ドウなっているか誰も知らないのだそうだ。

夢野の作には、時として、物語の精ともいうべき人物が登場する。「氷の涯」で、主人公と

《逃げ》るのは、そういう一人、ニーナだ。

わたしが最初に読んだのは、古書店で買った昭和三十三年の『別冊宝石　久生十蘭・夢野久作読本』。もう半世紀近く前のことだが、古びたページをめくりつつ読んだ、この物語の、奇跡のような結びの印象は常に新しい。

栗木の作が、完全に「氷の涯」の筋を追わないのは、夢野の作中に、ルビを振られて現れる《松花江《スンガリー》》という響きが《使ってくれ》と求めたのだろう。栗木は、その響きを氷らせたくなったのだ。君とわたしの逃避行を飾る冷えびえとした言葉の列。《夢》なのだから、断片のモザイクとなるのは、むしろ自然だ。

冒頭に引いた栗木の歌も、『夏のうしろ』にある。朝の景だから、夢見る時は終わっている。ここで《むごたらしき》とは、栗木はいわない。いったら、栗木の歌ではなくなる。しかし、《たまご》の見る《空》もまた明るいのだろう。

——あんなに晴れているよ。

という明るさだ。

栗木の、若々しく魅力的な第一歌集『水惑星』(雁書館)にも、卵の歌がある。

■殻割れし卵こぼれてにんまりと買物籠の中を這ひをり

ここでは、栗木が卵を見ている。だが『夏のうしろ』の《茹でられて》の歌は、客観ではなかろう。

父逝きてほうやれほうの我ながらなみだ流れて荒川に来つ　池田はるみ

私が死んでしまえばわたくしの心の父はどうなるのだろう　山崎方代

四十七　父逝きて

■エンジンのいかれたままをぶつとばす赤兄《あかえ》とポルシェのみ知る心

池田はるみ『奇譚集』(六法出版社)の歌だ。わたしは、これを見た瞬間、白黒のテレビ画面の前にいた中学生の頃を思った。

赤兄——とは蘇我赤兄《そがのあかえ》。有間皇子の死に関わったことが、『日本書紀』や『万葉集』に記されている。若き皇子は、赤兄に反逆をそそのかされた上、裏切られて処刑される。信じた赤兄は、実は体制側の手先だったのだ。謀反の理由を問われた皇子は、『日本書紀』によれば、《天《あめ》と赤兄と知らむ。吾全《あれもは》ら解《し》らず》と答える。

この言葉、そしてここに至る前、皇子は周囲を欺くため、狂気を装っていたという流れは、まことにシェークスピア的だ。だからこそ、シェークスピアの専門家福田恆存《ふくだつねあり》は、半世紀ほど前、この人を主人公とし、史劇『有間皇子』を書いた。

その舞台はテレビ中継され、さらにテレビの劇として放送された。わたしは、双方を観た。後者で赤兄を演じた小池朝雄の印象は、特に鮮やかだ。

そういうわけで、この古代の悲劇を下敷きにした若者の歌はたちまち心に食い入った。池田はるみは『日本書紀』を読んだのかも知れない。しかし、わたしは、

――この人も、あのテレビを観ていたのだ。

と、思った。

歌を読んで、すぐ作者の生年を確かめるようなことはあまりない。だが、この人については知りたくなった。案の定といおうか、わたしと一歳違いでしかなかった。実際がどうであれ、わたしは、遠い昔のブラウン管の画面で、この人と繫がったように思った。

冒頭にあげたのは『ガーゼ』（砂子屋書房）の一首。後に、こう続く。

■紀の国の老い鬼ゆゑに愛したりよき仏などなるなよ　父よ

この《ほうやれほう》の歌からも中学時代がよみがえる。森鷗外の「山椒大夫」が教科書に載っていたのだ。硬質の文体に魅かれ、文庫本の短編集を買った。「高瀬舟」などは、語ろうとするテーマが先に出過ぎていると思い、むしろ「じいさんばあさん」に好感を持った。

それはさておき、「山椒大夫」だ。この物語の粗筋は広く知られている。結び近く、盲目の母は生き別れた子供達を思い、繰り返しつぶやく。《安寿恋しや、ほうやれほ。／厨子王恋しや、ほうやれほ。》と。

もとになった説経節を文字にしたものでは《ほやれほう》、あるいは《ほうやれ》だったり

するという。文字で読む我々には、その抑揚がどのようだったか分からない。しかし、鷗外の手で、より洗練され（それは原初の荒々しい力を失った――ということでもあるが）、近代短編に形を変えた「山椒大夫」の《ほうやれほ》は、読者それぞれの耳に、引き裂かれた肉親を思う悲痛な響きとして残る。

池田の歌では、娘が、逝った父に《恋しや》といっている。「山椒大夫」から《鷗外》という人の影がよぎるのが、わたしには必然に思える。小堀杏奴《こぼりあんぬ》の『晩年の父』（岩波書店）を思い出すからだ。

小堀杏奴は、森茉莉の妹。鷗外の死の前年、一家は千葉の海に近い家で夏を過ごした。鷗外は夜になると、星を見に出掛けた。

提灯に灯をつけている父の背中から私は寄っかかるようにして聞いた。
「パッパ、何してるの？」
「星を見に行くんだ。アンヌコも一緒に来るか」

杏奴だけが、毎晩、ついて行った。
鷗外が仕事の関係で奈良の博物館に行き、長く家にいないことがあった。父が帰るという日、杏奴は学校から家まで《駈け通しに駈け》た。

二度目に奈良に行って帰って来た時は、母が私たちを喜ばせるために父の帰って来る日をいわないで黙っていた。

私は父のいない時毎日のように父の書斎に行って、父の坐った蒲団の上に坐って見たりして慰めていたので、その日も学校から帰って直ぐ父の部屋に行くと思いがけなく不断著《ふだんぎ》を著た父が蒲団の上に坐って此方を見て懐しい笑いかたをしていた。

私はこんな魂の消えるような喜びにあった事がなかった。

父が死んでから何時までも父が死んだ事はほんとうは嘘だったので、或日ふいと部屋へ入って見たら父がちゃんと坐ってこっちを見ているという奇蹟のような事を空想して、奈良から帰って来た時の事など思出して母に話し、ひどく母を泣かせた。

山崎方代《やまざきほうだい》の歌には、忘れ難いものが多い。私には、冒頭の一首の印象が強い。

私の父は、戦前の沖縄で民俗学関係の貴重な資料収集をした。ノートが何冊も残されている。それらが時の波間に沈んでしまうのは残念だと、ずっと思っていた。幸い最近、活字化への道が開けたので、今は心の荷物が軽くなった。

だがしかし、父母の、私の心の中に残っている、折々の表情、声、しぐさなどは、私がいなくなれば永遠に消えてしまう。それはつらい。

最後に、島田修三《しまだしゅうぞう》の『晴朗悲歌集』（砂子屋書房）にある、父についての歌を引く。

■オイ俺の顔をよく見とけよなど言ひき言ひて眠りき再び醒めず

本当に愛していたら歌なんて作れないよという説もある

大田美和

にごりみづ澄み果てたれば悲しみの童子《どうじ》ふらりと立ちあらはるる

江田浩司

四十八　立ちあらはるる

冒頭に引いたのは、歌集『きらい』（河出書房新社）の一首。現実と創作の関係、生な感情は純粋なものとして存在し、言語化された時には、すでに別なものになっている――という一面を見せる。確かに、愛が抑え難い言葉となって溢れることはあるだろう。しかし、《そうなれば演技だ》という見方もあるし、《本当に愛していたら》要するに、それどころじゃない――ともいえそうだ。

大きな苦しみを眼前にしても、やはり、言葉は出ない。うめくしかない。だが、時を置けば自らの身を削り搾ったように声が形をとる。

竹山広《たけやまひろし》は長崎で被爆し、平成になって阪神淡路大震災の場にいた。『千日千夜』（ながらみ書房）の一首。

■居合はせし居合はせざりしことつひに天運にして居合はせし人よ

竹山の作を読み続け、痛切といえば、それも言葉になってしまう。仮にこの歌を取り上げるとしたら、空白を対置し、続く文章の欄もまた白いページを続けるべきだと思った。それは、軽々しい頭の体操ではない。選ぶというのは、意味深い仕事だと思うから始めたのだ。空白もまた多くを語る文字である。

《居合はせし》については、当初から考え続けていた。対して、ある歌を考え、また逆に現実とは掛け離れたところから生まれた別の歌を考えもし、数年が経った。その結果だ。

空白もまた表現であるとは、言葉が虚しいということではない。それは、竹山の歌そのものが示している。

いいようのないことも人は語る。古谷《ふるや》智子《ともこ》『立夏』（砂子屋書房）の一首。

■〈非在なるを死〉と言ひ給ひしがいまここに気配はありて席譲りたり

春日井建のことが歌われている。ここには、実感がある。観念ではなく、体験がある。

『立夏』の少し後には《「わが死など小さきこと」と書き給ひしはげしき孤独を坐らせし椅子》という歌がある。春日井が、いったように思える、いった、そして書いたことが、他にも「もう帰る」「ありがたう」「身の閑に立つこと難し」と《「　」》の中に並ぶ。だが、《非在なるを死》をくるのは〈　〉だ。それが、通常の響きではない、定理のごとく厳然たるものであることを示しているのではないか。——それなのに、という思いに繋がるには、「非在なるを死」では、いけなかった。

声に出して読むとすれば、記号は消える。声調の中に生き残るしかない。文字による表現とは、このように微妙なもので、その微妙さゆえに、我々は文字を信じる。

江田《えだ》浩司《こうじ》と大田美和は、夫と妻である。大田の『水の乳房』（北冬舎）の歌、《ほんとうに変な夫婦だ食卓に朝から並ぶ文学の皿》に共感する。《文学》でなくてもいいが、相通ずるものがなければ、二人で暮らしてはいけない。

同じ歌集の次の歌も嬉しい。

スエヒロで婿と舅が酌み交わすうまさけ美和を扱いかねて

《スエヒロ》は居酒屋でありたい。《婿と舅が酌み交わすわたしを扱いかねて》では、全く駄目なので、ここにも言葉の不思議がある。

《うまさけ》は《三輪》などにかかる枕詞。大辞林によれば、《神酒を「みわ」といったことから》そうなった。

《三輪》は奈良の地名。酒の神を祀る大神《おおみわ》神社がある。

本来は《うまさけ三輪》となるべきところを、音が通じることから《うまさけ美和》と転じる。そうされることによって枕詞が単なる響きを越えて、その場の《うまい酒》という意味を持って来る。ほろ酔い気分が匂い立ち、そんな中で、ちょっと難しいことをいい出し、ごねているわたしが浮かぶ。そして三人の、得難い繫がりもまた。

これは、この歌だけを見て読めることだ。しかし、江田浩司は《言葉自体に内在する超越的な力を創造性へと》向かわせることを意図し、枕詞を使った歌を作り続け、ついに一冊の歌集

『まくらことばうた』（北冬舎）をまとめた人だ（今、引いた言葉は、その本の《あとがき》にある）。それを知れば、《うまさけ美和》から、大田の併走者への信頼と愛の視線までが感じ取れる。

『まくらことばうた』には、《うまさけを》《うまさけの》の後に、《うまさけ》を使った歌がある。

■うまさけみわのみわに酔《ゑ》ひたるすぎこしをまみとぢてみむ世界の終はり

《うまさけ三輪》という音に通じる美和よ、君に心を奪われたこれまでを、世の終わりには、目を閉じて思いみよう——という意味か、あるいは、《うまさけ美和》である君が《みわ、つまり神酒》に酔うごとく、己の信じる道を進んで来たこれまでを——ということであろうか。

そして、わたしが『まくらことばうた』の中で最も心に残ったのが、最初に引いた一首である。《ふらりと立ちあらはるる》《悲しみの童子》こそ、言葉にならぬものの果てに現れる言葉ではないか。

これを読むと、岡井隆の次の歌も自然に浮かんで来る。

■泥ふたたび水のおもてに和《な》ぐころを迷ふなよわが特急あずさ

わが還るこころの秋は鳥のゐる能登一の宮たぶの木の杜

山中智恵子

人も　馬も　道ゆきつかれ死にゝけり。旅寝かさなるほどのかそけさ

釈　迢空

四十九　旅路

冒頭に引いたのは『星肆《ほしくら》』の一首。『山中智恵子全歌集　上巻』（砂子屋書房）の解題（黒岩康）によれば、この時期の山中の歌は（愛する者を亡くす予兆に精神的変調を来し）入院していた病院内で（辞書もなく心にふつふつと浮かぶ思いを〈正述心緒〉にうたい継いだもの）という。確かに山中のものとしては、武者がいつもの鎧を着ていないような、無防備な作も多い。《能登一の宮》は石川県羽咋《はくい》の気多《けた》大社。その側に歌人釈迢空《しゃくちょうくう》でもある巨人、折口信夫と養子春洋の墓碑がある。

《たぶの木の杜》については、『ふるさとの文化遺産　郷土資料事典　石川県』（人文社）に、《気多大社社叢》としてこう書かれている。

気多神社の背後にある、三三〇〇〇平方メートル《メートル》の広大な面積を占める自然林で、古来、神域として斧を入れたことがないことから、一名〝いらずの森〟とよばれてきた。社叢は、原生林の

見事な様相を示し、シイノキ・タブノキ・ツバキ・ヤブニッケイ・ヒサカキなど、常緑広葉樹の老樹・巨木が繁茂してうっそうとしている。また、これらの樹木には、イタビカズラ・マメヅタ・ツルグミなどの蔓性植物がまといつき、その下には、シダ類・ミズタビラコ・ハグロソウ・カラタチバナなどの林床植物が群生している。

『星肆』は、中に無数の鳥の名が行き交う歌集だが、山中は、ここでは単に《鳥のゐる》と書いている。亡き人々の魂を天へと運ぶのが鳥だろう。
神社の歌碑には、折口即ち釈の『春のことぶれ』にある《気多の村／若葉くろずむ時に来て、／遠海原の　音を／聴きをり》が刻まれているという。歌集を開けば、さらにこの後に《たぶの杜／こぬれこと〴〵　空に向き、／青雲は、／今日も／雨　なかりけり》という歌もある。
そして『日本近代文学大系　折口信夫集』（角川書店）の注には《たぶの杜「たぶ」は、クスノキ科の常緑喬木で熱帯性の照葉樹。作者は、南海から漂着した神木として古くから人々に神聖視されていた、と考えている。能登半島の諸所に生え、こんもりと茂って森をなしており、気多神社にもある。「こぬれ」は、梢。「青雲」は、青空》とある。《能登一の宮たぶの木の杜》は、民俗学的な思いと共に折口信夫に繋がる歌枕なのだ。それだけでも、印象深いのだが、実は『星肆』の結び近くになると、「神末《からずゑ》」と題する一連が現れる。

　そして続く歌集の題名が、その『神末』となり、「神末　二の章」から始まる。世界が揺らぎつつ、奇妙に続く。さらに、ページをめくって行くと、《息長《おきなが》》と題する一連が現れ、頭がくらくらする。

■息長《おきなが》のこころの秋の長き夜を夢にみえこそわがしなふまで
■あやまちてわがあはざれば息の緒のすさびてきみはこよひあらむか
■さゆりばなゑまへるごとくしづかなる神々の死に逢ひたるわれか
■さびしさのいづみのごときかなしみを夢にはふりてまた生きむかな
■わが還る秋のこころは鳥のゐる能登一の宮たぶの樹の杜

ピアニストは、楽曲中で旋律が再現される時、楽譜としては同じでも弾き方を変えるという。《わが還る》の歌は、続く歌集で鍵盤を押すタッチを微妙に変え、再現されていた。歌としては、『星肆』のものがいいように思える。だが、《息長のこころの秋》の後なら《秋のこころ》と演奏すべきだろう。

山中には、釈迢空に繋がる歌が、いくつもある。その折口は、民俗学研究のために、日本各地を旅した。冒頭に引いたのは、第一歌集『海やまのあひだ』の、広く知られた作。旅をして、やがては果てる、世のあらゆる生あるものの、道行く《かそけさ》が歌われている。

佐佐木幸綱は『旅の歌　詩歌日本の抒情5』（講談社）の中で、早川孝太郎の文章を引いている。《その時の折口さんの旅は、その後幾度も聞いたが、随分と無茶な冒険に近いものであった。信濃の新野（下伊那郡）から、地蔵峠を越えて、坂部《サカンベ》に下って居る、もちろん唯の一人である。この道は昔の遠州街道だが、その長い険しい路は実際に歩いた者でないと判らない》。また、金田一京助にあてた折口の手紙には、こうあるという。《矢矧川の上流に溯つてまゐりました。美濃と信濃との国境が唯一つの川で、その美濃側の橋づめに馬が仆れて居りました》。

同じ集の次の歌も、忘れ難い。

夜

下伊那の奥、矢矧川の峡野《カフチ》に、海《ウミ》と言ふ在所がある。家三軒、皆、県道に向いて居る。中に、一人の翁がある。何時頃から か狂ひ出して、夜でも昼でも、河原に出てゐる。色々の形の石を拾うて来ては、此小名《コナ》の両境に並べて置く。其一つひとつに、知つた限りの聖衆の姿を、観じて居るのだと聞いた。どれを何仏・何大士と思ひ弁《ワカ》つことの出来るのは、其翁ばかりである。

■ながき夜の　ねむりの後も、なほ夜なる　月おし照れり。河原菅原

最後に、山中智恵子の『黒翁』（砂子屋書房）の一首を引く。

■星のこと〈あのひとたち〉といふひとの昔がたりぞ鳥のささめき

覚えてもゐぬことを思ひ出さむとす君を包みし火の色などを

三井ゆき

泣くおまえ抱《いだ》けば髪に降る雪のこんこんとわが腕《かいな》に眠れ

佐佐木幸綱

五十　そして、眠れよ

ある集まりが終わろうとする頃、俳人黒田杏子《くろだももこ》に性急に走り寄り、何事かをいう福島泰樹《ふくしまやすき》を見たことがある。言葉が、溢れ出ているようだった。

何十年も前、寺山修司についてのテレビ番組で、のけぞらんばかりにして、次の歌を叫んでいた福島の姿も目に焼き付いている。

あおぞらにトレンチコート羽撃けよ寺山修司さびしきかもめ

寺山の死が昭和五十八年。その翌年の作。『望郷』（思潮社）の一首。「絶叫コンサート」をする歌人福島が口を開く時、文字が文字であることに耐え切れず、声となり、まさに羽ばたいていた。

平成十七年、塚本邦雄が逝った。

わたしはその頃、若い人にお話をする機会を持っていた。《塚本という存在を、意識していない人もいるかと思います。しかし今日は、その死が報じられた日です。後になって、ああ……、と思うかも知れません》といったのを覚えている。

時を経て『現代短歌朗読集成』（同朋舎メディアプラン）のＣＤで、福島が「獅子王の歌」と題する六十一首の悼歌を読む声を聞いた。第一首は、こうだ。

■六月九日九紫先勝鬼やぶる悦楽園丁死する暁《あかとき》

《九紫》《先勝》《鬼》《やぶる》は、それぞれ暦の上での言い方。《六月九日》から執拗に続く語の並びが、《この日》が、限られた、特別な一日となったことを示す。

福島の声を聞く時、同時に本の文字を目で追ってはいなかった。そこで、《悦楽園丁》の《えんてい》の響きから、《炎帝》という語が浮かんだ。《獅子王》という語が、連想を導いたのだろう。

『悦楽園園丁辞典』（薔薇十字社）は、学生時代、わたしに塚本邦雄という名を教えてくれた畏友斎藤嘉久氏が、嬉々として語ってくれた本である。無論、《悦楽園丁》であるとは分かっていた。その上で、語が重なった。耳で聞けばこそだ。活字で見ていたら、こうはならなかった。《炎》は歌の帝《みかど》の威光とも思える。そして、現世から旅立つものがまとうのもそれだ。

三井ゆきの夫髙瀬《たかせ》一誌《かずし》は、平成十二年十月余命三カ月といわれた。手術、再手術、退院。年を越して入院、手術、退院、入院の苛酷な日々を送った。歌誌編集長として多忙を極め、後輩に慕われ、信頼される人だった。

中地《なかち》俊夫《としお》は、『髙瀬一誌全歌集』(短歌人会)の解説でいう。《平成十三年一月二十一日、神田神保町の学士会館で開催された短歌人の新年歌会に出席した髙瀬一誌さんは会の進行が滞る度にあの独特の声を張り上げハッパをかけてくれていた。その髙瀬さんがそれから四ケ月も経たない同じ年の五月十二日に亡くなってしまったのである》。

三井の『雉鳩』(ながらみ書房)の歌。

■ふたたびをふたりでたたかふ病室にまづは小さき時計を飾る

■覚悟とは見放すことの喩のごとし覚悟をせぬを医師に示しぬ

■「心中をしようか」「仕事があるから」と二〇〇一年四月のなかば

『短歌人　髙瀬一誌追悼号』に、三井の「闘病記」が載っている。その五月六日。

連日郵便物の整理や宅急便の発送などで幾度も成増と病院往復。いつも私一人なのを不審におもったのか「親戚はいないんですか」と看護婦。親戚には心配をかけたくない、他人には迷惑をかけたくない、病んだ姿を決して見せたくないという一種の美意識は彼女たちには想像外のことなのであろう。髙瀬の信念を通させ、護るのが私の役目だ。

とはいえ一人では耐え切れず、時に歌人仲間の蒔田《まきた》さくら子に来てもらう。病室でも仕事は続いた。十二日、夜、額の汗を拭いていると一瞬口が窪んだような気がした。死だった。瞬間、冗談じゃない、そこまでサービスしなくてもとおもう。脚を痛め、眼を痛め、血圧を上げていた私を心配し、何よりも共倒れになることを恐れていた高瀬が、自分からすすんで息を引き取ったようにおもえたからである。（中略）

私の目にしたのは、死に方ではなく、生き方そのものだったのだ。

▬キジバトの啼けばほろほろかなしきに人遠ざくるふた月み月

▬ステッキをつきてくる影まぼろしは成増駅前ゆるやかな坂

▬好めりし山高味噌もあとわづかあらたに買ふには気力を要す

冒頭に引いた三井の歌は、この頃のものだ。我が思いであるように、読む者の胸に迫る。

続く佐佐木幸綱の歌は、『夏の鏡』（青土社）にある。空は、髪の黒さからそのまま繋がるように暗い。だがそれが、世界を二人だけのものにする。童歌めいた《こんこん》が心を撫でる。

ここに並べられ、そしてまた五十回の大尾に置けるこの歌のあることが嬉しい。

結びに

バルザックの作品群、いわゆる《人間喜劇》は原語の《コメディ》にひきずられた日本的な訳で、実際の意味は《人間劇》とするのが、正しいらしい。

短歌を読んでいると総体として、そういった、壮大な劇の中にいるように思えて来る。歌の描き出す個性がそれぞれの形で、世界のあちこちを歩いているのを見るようだ。

そのうちに、ある歌とある歌を結ぶ断ち切り難い糸が、自然と見えたりする。無論、わたしにとっての糸だ。歌と歌が向かい合い、背を向け、またある時は、こちらの丘とあちらの丘の頂きのように遠く離れ、しかし、確かに響き合う。そういう音を、わたしは聴いた。

次のように。

■湯豆腐の鍋に豆腐を沈ませて夫呼び娘をよぶ吾は誰が呼ぶ　藤野《ふじの》まり子

■死ぬときに誰の名前を呼ぶ気かとわれにリモコン向けて君問う　大井《おおい》学《まなぶ》

■殺ししと思ひし虫の生きをればこれがなさけか殺し直せり　山口重治《やまぐちしげはる》

■男の子なるやさしさは紛れなくかしてごらんぼくが殺してあげる　平井《ひらい》弘《ひろし》

■ねこの仔のしばしためらひて踏み入りしれんげ畑も昏れゆかむとす　藤井常世

■行方不明のこねこ探せば一斉にここぢやここぢやと招《よ》ぶねこじやらし　沢《さわ》　桃子《ももこ》

■カタ、ピシと自転車鳴らし夕暮れの森へと入るは前世のわが夫　栗木京子

■初めての草むらで目を丸くして何かを思い出している猫　笹井《ささい》宏之《ひろゆき》

■悦楽の悦といふ語に兄といふ文字みつけたる夏のいもうと　橘《たちばな》　夏生《なつお》

■さびしくて絵本を膝にひろげれば斧といふ字に父をみつけた　大村陽子《おおむらようこ》

■地球儀を運ぶ少年　紺碧の海を頭上に捧げつつゆく　古谷智子

■地球儀を逆さに搬ぶ幼な子が嬉しくてこぼすあきつ島々　大森益雄

■泣く理由聞けばはるかな草原に花咲くと言うひたすらに言う　堂園昌彦《どうぞのまさひこ》

■芳林堂書店八階純喫茶「栞」文学少女耽読　植草武士《うえくさたけし》

■心あるものは狂はむ蜩の森の慟哭夕べに入りぬ　山中智恵子

■つひに狂ふならば一期の歌狂ひ天晴れ虹生む孔雀飼はばや　藤井常世

■鬼が栖《す》むひがしの国へ春いなむ除目《じもく》に洩れし常陸ノ介と　与謝野晶子《よさのあきこ》

■われありき除目に洩れて寝酒酌む相模守のごときここちに　吉井《よしい》　勇《いさむ》

■ホメロスを読まばや春の潮騒のとどろく窓ゆ光あつめて　岡井　隆

■『オデュッセイア』を胸に置くまま眠りゐしベッドにひとすぢ夕日来てゐる　中津昌子

■婚なして良かりしことの一つにて蚊はいつも隣の床《とこ》にゆく　花山多佳子

■平安のをとこをんなの詠める歌をんなはやさしきものにあらず　窪田《くぼた》空穂《うつぼ》

思いつくままに並べた。パソコンで検索すればあれこれ出て来る時代だが、旧世代の人間だから、全て、本のページから見出した。それぞれに、語るべき言葉が浮かぶ。

例えば、最初の組み合わせの大井学の歌。スフィンクスの問いに誤った答えを返せば、殺されてしまう。ことさらに、君は《われにリモコン向けて》問うと書かれている。間違えれば、電源の赤のボタンを押されてしまうのだ。

そして、最後の組み合わせ。花山の思いが《やさしきもの》でないのではない。なかなかに玄妙な味わいのある歌だ。《妻》の持つそういう視点に対し《ひと筋縄ではいかない》と、並べたわけだ。

はるか昔、安東次男《あんどうつぐお》の『百人一首』を読み、その本来の形は二首一組の和歌アンソロジーであった——という指摘に、霧の晴れるのを見るような快感を覚えた。それが、この試みを始める、遠いきっかけになっていたのかも知れない。

五十回を迎え、このように回想している時にも、また新たな組み合わせが浮かんだ。

■聞くやいかに　初句切れつよき宮内卿の恋を知らざるつよさと思ふ　米川千嘉子《よねかわちかこ》

■だとしてもきみが五月と呼ぶものが果たしてぼくにあつたかどうか　光森裕樹《みつもりゆうき》

「うた合わせ」百首の結びとなったのが佐佐木幸綱だが、その著書に『中世の歌人たち』（NHKブックス）がある。四十年ほど前に読んだ。《聞くやいかにうはの空なる風だにも松に音するならひありとは》は、二十を前に没したといわれる《新古今歌壇の申し子のような女流歌人》若草の宮内卿《くないきょう》の作。これについては、佐佐木との対談で馬場あき子が語っている。《「聞くやいかに」なんていうのはずいぶん強いことばで、かさにかかって歌っているわけですが》——。

というわけで、微妙に前に繋がる。宮内卿には、恋を知らない強さがあった——そう語る時、自らの内によぎる《恋》の思いがあるわけだ。そこで、ふと光森の歌が現れ、《だとしても》と語り始める。わたし自身にも意外で、物語的な展開だった。

続ければまだまだ色々なことが書けそうだ。そこで巻を閉じるのが、限りある身のほどを知る、ということだろう。歌人列伝的に考えるなら、入れるべき人は数多い。個人的にも斎藤史《さいとうふみ》などへの思い入れは深い。だがこれは、そういった試みではない。こういう形の《読み》について書いた。

俳句も短歌も、作らない者には分からないといわれる。なるほどその通り、でもある。しかし、これだけ豊かなものを味わうな、語るなといわれたら残念だ。何より勿体ない。この文章を読み、歌集に手を伸ばす人がいたなら——と思う。

うた合わせ百首

不運つづく隣家がこよひ窓あけて眞緋《まひ》なまなまと耀《て》る雛の段　塚本邦雄

隣の柿はよく客食ふと耳にしてぞろぞろと見にゆくなりみんな　石川美南

白玉の歯にしみとほる秋の夜の酒はしづかに飲むべかりけり　若山牧水

本棚をずらせばそこに秋風のベーカー街へ続く抜け道　秋谷まゆみ

十三年勤めしことのみ自負とせむみかへれば社屋上に繊き月あり　梅津ふみ子

生き方のたがふ一人を退職にかく追はしめてかさむ酒量か　篠　弘

エレベーター待つと並びしハイミスはわが入社時の慕情を知らず　小川太郎

雪はくらき空よりひたすらおりてきてつひに言へざりし唇に触る　藤井常世

迷ふこと多き日のはてに雪降りて装幀にレモンイエローを選ぶ　雨宮雅子

罪犯さぬ頃は小麦粉が降りしといふ中国のふるき物語「雪」　田谷　鋭

体温計くわえて窓に額つけ「ゆひら」とさわぐ雪のことかよ　穂村　弘

垂れこむる冬雲のその乳房《ちちふさ》を神が両手でまさぐれば雪　松平盟子

金輪際会わぬと決めたる一人《いちにん》と夢打際で夜毎にまみゆ　道浦母都子

夢に棲む女が夢で生みし子を見せに来たりぬ歯がはえたと言いて　吉川宏志

日は暮れぬ人間ものの誰知らぬふかき恐怖《おそれ》に牛吼えてゆく　北原白秋

牛馬《うしうま》が若《も》し笑ふものであつたなら生かしおくべきでないかも知れぬ　前川佐美雄

散華とはついにかえらぬあの春の岡田有希子のことなのだろう　藤原龍一郎

おしやべりの女童《めわらは》逝きぬをりをりに思ひ出づれば花野のごとし　桑原正紀

たつぷりと真水を抱きてしづもれる昏き器を近江と言へり　河野裕子

そのうちに行こうといつも言いながら海津《かいづ》のさくら余呉《よご》の雪湖《うみ》　永田和宏

はつなつの、うすむらさきの逢瀬なり満開までの日を数へをり　横山未来子

はばからず君を抱かんと暮れなずむ山脈《やま》に日輪をたたきこみたり　谺　佳久

川端康成

銀座裏の炎暑の路に遭ひしときむずかしい顔してますねと我に笑ましき　神山裕一

「ゆっくりと急げ」と言ひし開高健墓前の思ひ冬枯れの朝　児玉武彦

かなかなやわれを残りの時間ごと欲しと言いける声の寂しさ　佐伯裕子

夏とほし光悦茶屋の氷水《かきごほり》くづし残して発《た》ち来しことも　苑　翠子

ねえ夢に母さんがいたとおいとおい日の母さんがいた　東　直子

吹くな風こころ因幡《いなば》にかへる夜《よ》は山川とほき母おもふ夜《よ》は　尾崎　翠

サブマリン山田久志のあふぎみる球のゆくへも大阪の空　吉岡生夫

三島死にし深秋《ふかあき》われは処女《をとめ》にて江夏豊に天命を見き　水原紫苑

ヨット一艘丸ごと洗ひたし十一月の洗濯日和どこまでも青　青井　史

秋晴れに小躍るほどの洗濯好きああ妻はどこにも居らず　黒崎善四郎

加賀をすぎ能登に出でゆく夜しぐれのま闇のなかの折口信夫　安永蕗子

かげろうは折口信夫　うす翅を　わが二の腕にふせて　雨聴く　穂積生萩

三匹の子豚に実は夭折の父あり家を雪もて建てき　小池純代

悲しみて二月の海に来て見れば浪うち際を犬の歩ける　萩原朔太郎

ひら仮名は凄《すさま》じきかなはははははははははははは母死んだ　仙波龍英

ひとひらの雲が塔からはなれゆき世界がばらばら　らになり始む　香川ヒサ

べくべからべくべかりべしべきべけれすずかけ並木来る鼓笛隊　永井陽子

かなしみはカリ活用をおしえおるときふいにきてまたすぎにたり　村木道彦

氣の付かないほどの悲しみある日にはクロワッサンの空気をたべる　杉﨑恒夫

この朝クロワッサンちぎりつつ今はどこなる一生の中のどこなる　髙瀬一誌

路地ゆけばそこのみ明るきさびしさの月下美人と古書店ひらく　天草季紅

われ死なば多分あそこにかがやかむ三省堂書店の上あたり　荻原裕幸

わが店の書棚の前に宮柊二古書撰りいます有り得ることか　金坂吉晃

「漢の武帝の天漢二年秋九月」諳じてゐる小説冒頭　宮　柊二

敗者復活戦といいて立ちゆくいまひとたびを死なねばならぬ　小原起久子

誤植あり。中野駅徒歩十二年。それでいいかもしれないけれど　大松達知

〈あなべるりゐ〉ふと呟いて救われてゐる夏越《なごし》の渚波かへるとき　樋口　覚

思ひ出づる女人えいふくもんゐんの真萩の歌よ通勤車中　高野公彦

もろともに秋の滑車に汲みあぐるよきことばよきむかしの月夜《つくよ》　今野寿美

吉行淳之介『目玉』読後
かくのごと綴られてゆくよろこびのこゑいかばかりわたしが言葉ならば　西村美佐子

少年の騎馬群秋の空を駆け亡き子もときの声上げてゆく　小林幸子

わがかつて生みしは木枯童子にて病み臥す窓を二夜《ふたよ》さ敲く　富小路禎子

日々位置を変へる寺あり紅葉《こうえふ》がくろずむころは何処にあらむ　林　和清

水の辺にからくれなゐの自動車《くるま》きて烟のやうな少女を降ろす　松平修文

どんなにかさびしい白い指先で置きたまいしか地球に富士を　佐藤弓生

うつむいてコピーしているわたくしをだれかがコピーしているような　佐藤　晶

死ぬまへに孔雀を食はむと言ひ出でし大雪の夜の父を怖るる　小池　光

昏れ落ちて秋水黒し父の鉤《はり》もしは奈落を釣るにあらずや　馬場あき子

義母義兄義妹義弟があつまりて花野に穴を掘りはじめたり　寺山修司

遠きひと近き人など呼びてをりかぐはしきかなあちらの時間　辺見じゅん

死者となりて妻に泣かれし記憶あり或る夜の夢の記憶なれども　杜澤光一郎

とうに死にし父あけがたの夢に来て再び死にてわれを泣かしむ　高尾文子

万智ちゃんを先生と呼ぶ子らがいて神奈川県立橋本高校　俵　万智

情熱の失せし頃より長け初めつ佐藤教諭の教育技術　佐藤通雅

混み合える電車に持てる花の束かばいてくれし少年ひとり　武市房子

回転の扉に老人入りゆけば少年一人でてきたりけり　竹村公作

夕暮れのゼブラゾーンをビートルズみたいに歩くたったひとりで　木下龍也

夕方は夕方用の地図がありキヨスクなどで売っております　天野　慶

めん雞《どり》ら砂あび居たれひつそりと剃刀研人《かみそりとぎ》は過ぎ行きにけり　斎藤茂吉

剃刀研ぎの触れごゑ昭和の路地を過ぐ成瀬巳喜男の〈稲妻〉のなか　渡　英子

点滴のレモンイエローはわがかつて愛せし服の色かと思ふ　河野愛子

棒立ちといふことのあり立ちをればわれはわれより離れて行けり　大西民子

眠られぬ母のためわが誦《よ》む童話母の寝入りし後王子死す　岡井　隆

ここにゐて死ぬまで遊べ　かなぶんのぶるぶるとゐるに糸をつなげり　森岡貞香

丈高きポプラのがうがう鳴つてゐる球場にただ踊る猫あり　梶原さい子

かくこうのまねしてひとり行きたれば人は恐れてみちを避けたり　宮沢賢治

シースルーエレベーターを借り切って心ゆくまで土下座がしたい　斉藤斎藤

疾風はうたごゑを攫ふきれぎれに　さんた、ま、りあ、りあ、りあ　葛原妙子

絵巻物右から左へ見てゆけばあるとき烏帽子の人らが泣けり　中津昌子

雪降りの夜をはしゃげる如くして人間殴り合うぞ路上に　浜田康敬

言語二種喋れるやうな気になりて白梅紅梅の林を出づる　大森益雄

人間のつかはぬ言葉／ひよつとして／われのみ知れるごとく思ふ日　石川啄木

蛍田てふ駅に降りたち一分の間《かん》にみたざる虹とあひたり　小中英之

春宵の酒場にひとり酒啜る誰か来んかなあ誰《だ》あれも来るな　石田比呂志

煙草火を借ると寄りきし少年の髭伸びて丸め持つ妖婦伝　大野誠夫

マガジンをまるめて歩くいい日だぜ　ときおりぽんと股《もも》で鳴らして　加藤治郎

子の運ぶ幾何難問をあざやかに解くわれ一夜かぎりの麒麟　小高　賢

蜂の巣のあるところまでわが妻に案内《あない》をされてあとは任されき　中地俊夫

しかたなく洗面器に水をはりている今日もむごたらしき青天なれば　花山多佳子

茹でられてしまつたけれどまだ剝かれずたまごは朝の空を見てをり　栗木京子

父逝きてほうやれほうの我ながらなみだ流れて荒川に来つ　池田はるみ

私が死んでしまえばわたくしの心の父はどうなるのだろう　山崎方代

本当に愛していたら歌なんて作れないよという説もある　大田美和

にごりみづ澄み果てたれば悲しみの童子《どうじ》ふらりと立ちあらはるる　江田浩司

わが還るこころの秋は鳥のゐる能登一の宮たぶの木の杜　山中智恵子

人も　馬も　道ゆきつかれ死にゝけり。旅寝かさなるほどのかそけさ　釈　迢空

覚えてもゐぬことを思ひ出さむとす君を包みし火の色などを　三井ゆき

泣くおまえ抱《いだ》けば髪に降る雪のこんこんとわが腕《かいな》に眠れ　佐佐木幸綱

歌人と語る「うた合わせ」

北村薫・藤原龍一郎・穂村弘

左から藤原氏、北村氏、穂村氏　　撮影・新潮社写真部

北村　今日は歌人のお二人にこの本についていろいろお話をしていただけるということで、こんな幸せなことはないと思っております。「短歌俳句は作る人でなければ、本当に味わうことはできない」といわれます。私は短歌を作らないんです。「歌人には、どう読まれるのだろうか」と、恐る恐る（笑）、お聞きいたします。

北村薫の《ドラマを生む読み》

藤原　藤原龍一郎と申します。よろしくお願いします。「うた合わせ」五十回を読ませていただいて、その中から共感するもの、驚いたもの、これはなんでなのだろうと謎に思われる回を、穂村さんとそれぞれ選んでみました。たまたま私と穂村弘さんがともに、「共感」で選んでいるのが「十五　その秋」の組み合わせでした。
《サブマリン山田久志のあふぎみる球のゆくへも大阪の空》吉岡生夫さん。《三島死にし深秋《ふかあき》われは処女《をとめ》にて江夏豊に天命を見き》水原紫苑さんの二首。今では野球はナイターもテレビの地上波ではやらなくなって、私たちより若い人は、もう山田久志がどういう選手かわからないですよね。阪急ブレーブスにいたピッチャーで《サブマリン》というのは潜水

歌人が選ぶ「うた合わせ」
共感と驚きと謎

●藤原龍一郎
共感　十五　その秋
吉岡生夫　水原紫苑
十八　詩人の家
小池純代　萩原朔太郎
驚き　十九　崩壊の調べ
仙波龍英　香川ヒサ
謎　七　夢の男と、女
道浦母都子　吉川宏志

●穂村 弘
共感　十五　その秋
驚き　十九　崩壊の調べ
謎　三十五　夕暮れに歩く
木下龍也　天野 慶

艦ですから、下手投げの投手なんです。この歌は、昭和四十六年の日本シリーズで山田が王貞治選手にサヨナラホームランを打たれて負けるということがあって、もうそのときのことがまざまざと蘇ってくる歌なんです。固有名詞が詠まれる短歌っていうのはたくさんあるんですが、こういうプロ野球選手が詠まれ、今はもう忘れられているかもしれない人の名前というのが短歌に残されて、体験を共有できる、というのがすごく不思議だなと思います。これと組み合わせられた水原紫苑さんの歌、《三島死にし》っていうのは三島由紀夫。彼は市ヶ谷の自衛隊に、楯の会という自分の作っていた私兵の人たちを連れて乗り込んで、一九七〇年の十一月二十五日に自衛隊内で割腹自殺しました。このとき私は十九歳ぐらいで、非常に鮮烈な思い出として残っています。水原紫苑さんは私より年下ですが、この《深秋》――十一月二十五日ですから、それをすごく覚えているのだろうと思います。で、それと同時に江夏豊っていう、これも野球の名選手、ピッチャーです、これが並列されている。名選手二人と、三島由紀夫という戦後の大きな文学者の名前が並列されることによって、ある鮮烈な秋が回想されるというところに歌の力を感じました。

吉岡生夫さんという人の歌風と水原紫苑さんの耽美的な歌風とはまったく違うので、短歌的常識では、この二人を並べて書こうとは思わないんです。この二首が並べられ、こういう文章が綴られるというのは、やっぱり北村さんにしかできないことなんだなと、しみじみ思います。

穂村　穂村弘です。よろしくお願いします。短歌を作っていると、短歌が要求してくる内容というのがあることに気づくんです。何でも好きなように書けると思うのは短歌をまだ始めたばっかりの人で、作り続けていると、なんか短歌というものが、こういう場合はこう書けって言ってくるんですよね、そういう声がだんだん聞こえてきてしまう。

それで、野球のピッチャーの歌を作ろうと思ったときね、三振を取って「やった！」とか、「ダブルプレー取った！」っていう歌を作るかっていうと、すごく少なくて、短歌を作り慣れてきた人は、ホームランを打たれた瞬間振り向いて、膝をついてガックリみたいなとこをやっぱり書きたくなる。この《サブマリン山田久志》は決定的なシーンで、素晴らしい投手なんだけど、素晴らしいバッターに決定的なシーンでホームランを打たれてしまった、と。で、味方は九人いるんだけど、ピッチャーがホームランを打たれたときだけは、誰も助けることができなくて、全責任はピッチャーにある。その試合に自分のその一球によって負けてしまったと。そこが「カッコいい」わけですよね。そこが短歌にしたくなるポイントで、つまり、神話の中の英雄みたいに見えるわけです。三振を取ったときよりも、たった一人で試合を決定づける、負けを決めてしまう大失敗をして、膝をガックリついて、誰も助けることもできず茫然みたいな、それを何万もの観客に見つめられるという、ここに神話性みたいなものがあって、短歌はそれを書けと要求する。山田久志の歌もそのシーンだし、この章には、《火達磨となりたる与田《よだ》がひざまづく草薙球場しんかんと昼》という大辻隆弘さんの歌も引かれている。これもまったく同じようなシーンで、与田というのも剛球投手ですよね。この《草薙球場》というのも、なんか神話的じゃないですか？　クサナギとか。あと、《火達磨》っていうのも、めちゃくちゃ打たれたっていう比喩なんだけど、本当に燃え上がってるみたいな感じで、《しんかんと昼》という言い方も、現実ではない異空間。

それで、その隣にある水原紫苑さんの歌も、三島由紀夫ってやっぱり神話の中の英雄みたいになろうとした人ですよね。そこが似ているし、江夏豊もそういうどこか悲劇の匂いのする人。で、この《処女》というのは、たぶん、その英雄に対する捧げ物みたいな感覚なんだと思う。野球っていうのはスポーツでゲームなんだけど、短歌の中にそれを導入してくるとき、すごく劇的なものとして描かれるのね。山田と江夏というピッチャーの歌だから、ここに並んでいるというのは、表面的には単純なんだけど、それ以上に、共通する、神話的英雄性みたいなものを感じる。今はもう、そういう英雄はいないんです。プロ野球はあるんだけど、これはやっぱり昭和の時代の英雄で、じゃあ、イチローやダルビッシュやマーくんが悲劇の匂いのする神話的英雄かっていうと、なんかメジャーリーガーって感じで（笑）、違うんですよね。「野球」と「ベースボール」は違う、みたいな感じがある。僕と藤原さんがこれに共感したのはやっぱり、昭和の人だからっていうことが（笑）すごく大きいと思うんですね。

藤原　そうでしょうね。それで、吉岡さんの歌のほうなんですけど、その《山田久志のあふぎみる》、まあ、ホームラン打たれたから仰ぎ見てるわけだけど、《球のゆくへも大阪の空》の《大阪の空》っていう止め方も、これは非常にうまいですよね、テクニカルに。大阪ってやっぱり常に二番手の都市で、大阪都にはなれないというようなことがあると思うんです、宿命的に。大坂城が家康によってね、大坂冬の陣・夏の陣で攻められたというようなことも含めて、この大阪という地名も、穂村さんが言ったことでいうと、神話的な宿命みたいなものを背負っています。

北村　《三島》と、その歌の作者が水原紫苑、それから《江夏》という時代と、そこから導かれて、歌人の春日井建が浮かんでくるのです。

藤原　水原さんの先生ですよね、春日井建は。三島由紀夫が十八歳のときの春日井建を見出して、「現代の藤原定家が現れた」というふうに褒めたんです、そんな劇的な登場をした歌人というのは短歌史上に春日井建以外いません。

北村　重層的にいろんなものが歌のイメージからここへと導かれてくるところが、私には必然なんで、そう読めてしまうのです。

藤原　この章には水原紫苑さんの『星の肉体』という随筆評論集の中の

「椿の崖」から《離婚して一人でさびしかったのだという。何故さびしいのだ、私がいるのに。》という一節が引かれている。この過剰さがたまんないですね、これはやっぱり水原紫苑だと思います（笑）、本当に。

穂村　この《江夏は入団四年目すなわち私が好きになった年から心臓病が出たので、いつかマウンドで死んでしまうのではないかという甘美な期待があった。》とかね、神話の英雄にはそれぐらいのドラマを期待するっていう、そんな過剰さですね。

藤原　この二首がピックアップされて、しかもこの水原さんのね、『星の肉体』という随筆集の中からこの一節が導き出されるっていうところが、やっぱり、読みどころだと思うんです。

北村薫の《ヤバい読み》

北村　お二人が「驚き」に挙げた「十九　崩壊の調べ」については。

穂村　これは見ただけで特殊な短歌ですよね。仙波龍英《ひら仮名は凄《すさま》じきかなはははははははははははは母死んだ》と。笑い声のように「は」がつながっていて、でも、書かれていることはお母さんが死んだっていう歌なんですね。隣の香川ヒサさんは、《ひとひらの雲が塔からはなれゆき世界がばらば　らになり始む》と、これは誤植じゃなくて、一字分の空白があるんですね。この空白がなければ、「ひとひらの雲が塔からはなれゆき世界がばらばらになり始む」で普通に読めるんですが、ここにアキがあることによって、《世界がばらば　らになり始む》という、調べが崩壊すると同時に、世界が壊れてしまうみたいな。短歌って五・七・五・七・七の小宇宙だから、そこを満たすはずの調べが狂うと世界が壊れるみたいなところがあるんですね。

　で、昔からこの「はははは」の歌で、僕が不思議だったのは、数えると二音足りないんですよ、結句が。二音足りないのが、何かとても怖い感じがする。でも、うまく説明できなかったんですけど、この章の北村さんの文章で初めてそれが明確にわかった。〈韻律が真っ二つに引き裂く。これが歌の調べを選んだ仙波に落ちかかる宿命なのだ〉。また何か宿命の英雄みたいな感じになってくるんですけど（笑）。〈仙波は、その韻律を憎むかのように最後の七を拒否し、《母死んだ》と五音を投げ出す。――何というドラマだろう〉。ここで「ドラマ」と言ってるのは内容じゃないんだよね。リズムが欠落しているということの中にドラマを見出すという――これは普通なら、書かれないところです。

　この章にはこのあと、仙波さんと藤原龍一郎さんとの出会いが出てくるんだけど、これもすごくて。同じ大学の同級生として、二人が出会う。

藤原　僕のほうから、話しかけました。

穂村　二人には共通点があって、名前に「龍」の字がついていると。片方が「龍英」で、片方は「龍一郎」。これは彼らが辰年だからということとなんですが、藤原さんは本名だけど、仙波龍英は本名は龍英じゃないんです。「仙波龍太」なんですって。「太」というのは「太郎」の「太」だから、つまり長男であることを示す。で、龍一郎の一郎も長男であることを示す。つまり二人は辰年に生まれた一番上の男の子同士として出会う。もう運命的な感じに、どんどんなってくる。しかも、龍太のほうは、自分が長男であることを拒んで、名前から勝手にその「太」を消す。これが二音分の「はは」の欠落と響き合う。で、その定めを受け入れた龍一郎と拒んだ龍太がここで運命の出会いをするというシーンを、北村さんが、何て書いてるかっていうと、〈双龍の出会い〉！　双龍って、二匹の龍。もう完全に神話的ＢＬの世界（笑）。

藤原　本当のことなんですが（笑）。

穂村　〈仙波は因縁に慄えたに違いない。双龍の出会いを運命と思ったろう〉。そこまで思ったかなって（笑）、もう……

北村　いや、思ったんですよ（笑）。

穂村　だから、「藤原龍一郎」という名前の「短歌」の化身が仙波さんに手を伸ばしてきて、「おまえ、本当は龍太だろう」と言って……仙波さんは短歌をやるんです、素晴らしい才能の持ち主で。悲劇的にエキセントリックな方で若くして亡くなってしまうのですが。

藤原　そういう物語の中を私も生きていたんですね（笑）。まあ、自分ではわからないものだと思いますけれど。これは、この二首で、「崩壊の調べ」ということなんですけど、仙波龍英氏のほうはある意味、感情で書いていって、調べが崩壊していっているわけですよね。で、香川ヒサさんのほうは、もう徹底して知性で書いている。だから、この並べ方も、やっぱり驚きでした。香川ヒサさんの歌。これが〈《ばらば》の響きが耳に残る〉。《ばらば》で一マス空いて一拍あるんで。で、そのあと、〈キリストが磔になる時、《この男か極悪人のバラバか、どちらかを許そう》と民衆にはかられる。人々が選んだのは、バラバだった。〉ということで、ここに「バラバ」という聖書に出てくる人名が実は隠れてるんだという読みが出てきたときに、もうあまりにびっくりしてしまって……

北村　しかも、《世界がばらば　ら》で、「ら」が複数にもなるんです。

藤原　ああ、「バラバたち」にね。

北村　「世界がバラバらに」。

藤原　この香川さんの歌は、ニューヨークの同時多発テロのあとに詠まれた歌なんです。だから、貿易センタービルが倒れたようなことを素材として歌っているので、わりと引用された歌だったんです。しかし、その「バラバ」という名前がここに読み取れるんだということを言った人は、少なくとも歌人にはいなかったと思う。びっくりしました、本当に。

穂村　かつてはこの感受性を持っていた人に塚本邦雄さんという歌人がいて、「いろはにほへと」を四角く並べて角を順番に読んでいくと、「イエス咎《とが》無くて死す」になるとか、そっちに行くとどんどんヤバくなる系

の感受性があったけど、この「バラバ」の読みにもややそれがあって、
北村さんが、いかにロマンチストかっていうのがわかる。一行もおろそかに読めないヤバさみたいなのを、感じましたね。
北村　深さ、ではなく？
穂村　最近では、ヤバさっていうんです、深さのことを（笑）。
北村　はあ、なるほど。
穂村　これ以降は多分、この歌はそういう読みになっていくと。
北村　それはどうでしょうか。
穂村　でも、読みってそういうものだから。だって作者は永遠に生きていられないから。古典の和歌なんてそうやってどんどん読みを積み上げられて今の読みになっているのですから、最高の読みがどんどん更新されていけば、それが残っていくんです。
藤原　傑出した読みとしてね、それが残っていくことになる。

北村薫の《つむじ風はうずまきロール！》

穂村　僕が選んだ「謎」は「三十五　夕暮れに歩く」の木下龍也さんと天野慶さん。組み合わせられた歌に、というよりこの章の内容です。
北村　これは、この章に引用した木下さんの歌の解釈の問題が面白くて。《つむじ風、ここにあります　菓子パンの袋がそっと教えてくれる》。私はもう一途に、これは、パン屋の店先のうずまきパンの袋が囁く、とし

か思っていなくて。そうしたら東直子さんの解説にはまったく違うことが（笑）。それで大学の授業で紹介した時に学生に聞いたら、私と同じ派もいたんですよ。私じゃない派のほうが多数だったんだけど。でも、両方いたってことは……。

穂村　両方って、〈二十八対二〉でしょう？

北村　うぅ。

穂村　圧倒的少数派ですよね。でも、二人いたんですね。その二人はね、詩とか短歌を読んでない人だと思います。

北村　え、そう？

穂村　つまり、この歌がね、《つむじ風、ここにあります　菓子パンの袋がそっと教えてくれる》。読み筋としての手がかりは《袋》でしょう？《袋が》《教えてくれる》って書いてあるから、ああ、《つむじ風》にゴミがカラカラ回ってて、それが……

北村　でもさ、《そっと》ですよ。

穂村　あっ、そういうことか。カラカラ回ってたら《そっと》じゃないだろうと。だから、北村さんは《菓子パンの袋》が本当にささやくように……

北村　《そっと教えてくれ》たんです。

穂村　ここに《つむじ風》っぽいパンが……《うずまきパン》とか、《なんとかロール》？

北村　うん、あるじゃないですか、菓子パン。それが《つむじ風》。そうそうそう、――いま、折伏しています（笑）。解釈するときは、そう思い込んで、ほかのことを考えない。考えっていうのは大体一つで、「あ、こうも考えられるかな」とか思わないじゃないですか？

穂村　確かにそのとおりなんです。だから、優れた歌人ほど、その思い込みの度合いが強いから……誤読が多いんです。この本にも山中智恵子さんという天才歌人の誤読の例が出てくるけど（59頁参照）、想像力が優れていればいるほど、驚くような誤読をするんですよね、みんな。

北村　その創作性が面白いんですよね。

藤原　まあ、《つむじ風》の歌はね、歌集のタイトルになった歌ですから、やっぱりまあ、僕はもちろん《つむじ風》のようにその《菓子パン》の袋が回ってると……

北村　「もちろん」なの？（笑）

藤原　ええ、私はそう思いましたけど。動きがある歌がやはり表題に選ばれるんだ、と思いました。

北村　こういう経験がありましたって書いたのは、面白いでしょう？

藤原　まあ、それはそうですね。《つむじ風》が売られている、と。

北村　そうそうそう（笑）。

藤原　それでも、「うた合わせ」には、この歌集の中からこの《つむじ風》の歌を採らないで、《夕暮れのゼブラゾーンをビートルズみたいに歩くたったひとりで》という歌を採っているんですね。

北村　この組み合わせはやっぱり夕暮れ感と、それから、お二人とも若い人で、天野慶さんの歌《夕方は夕方用の地図がありキヨスクなどで売っております》は、私にとっては非常に印象深い歌なんで、この歌を何かと合わせたいなと。

穂村　ここでは、夏には夏の地図があるとかね、夕暮れには夕暮れの地図があるっていうようなところに、北村さんはすごく面白さを感じられているわけですよね。これも、〈たった一人〉で〈世界中で知られた四人を東洋のゼブラゾーンでコピーするわたしの、胸の中の夕暮れが見える〉って、ここまではわかるんだけど、〈そんな若者に、お姉さんが教えてくれるのが——《地図》の存在だ〉っていうのは……

藤原　うん、そこ、そこがね（笑）。

穂村　なんか異様なテンション（笑）。なんで突然〈お姉さん〉？（笑）

北村　天野さんのほうが木下さんよりお姉さんでしょう？　という（笑）。

穂村　いや、そうだけど（笑）。なんかヤバさを感じるんだよなあ。

藤原　北村さんの想像力はとても自由に、飛んでいきますよね。本書でも佐伯裕子さんの《夏の地図》という歌が、夕暮れの地図とのパラレルの関係で並ぶのですが、佐伯さんにとって、この歌は代表歌ではないと思うんです。

北村　代表歌じゃない歌を、挙げたくなりますね。
藤原　そうなんでしょうね、ですから、それがすごく面白いと思うんですよ。どうしても歌人の悪いとこで、代表歌があると、その後に歌人論を書くときに、その歌を繰り返し使ってしまうということがあるんです。

北村薫の《ミステリ的な読み》と《実演オリジナルカルピスづくり》

藤原　私の「謎」ですが、「七　夢の男と、女」、道浦母都子さんの《金輪際会わぬと決めたる一人《いちにん》と夢打際で夜毎にまみゆ》という歌と、吉川宏志さんの《夢に棲む女が夢で生みし子を見せに来たりぬ歯がはえたと言いて》。
北村　怖い（笑）。
藤原　これは本当にホラーというか、ゾクッとするような歌で。まあ、道浦さんのほうはね、やっぱり《夢打際》っていうような造語が生きるような形でロマンチックな歌だと思うんですけれども、吉川さんのほうの《夢に棲む女が夢で生みし子を見せに来たりぬ歯がはえたと言いて》というのは、これは怖いよなあと思いますよね、すごく。この吉川さんの歌から反射的に連想したのは、漱石の『夢十夜』の、目が潰れた子どもを背負っていて、ちょうど百年前におまえが俺を殺したんだっていわれる、ゾクッとするような話があるじゃないですか。そういう感じがしました。とにかく《歯がはえた》という怖さ。それで、やはりその《歯がはえた》というところに北村さん自身の興味がずっと続いていって、〈アルスの『日本児童文庫』〉に入っていた〈フローベールの『ジュリアン聖者』〉という小説の中にある、〈一度も泣かずに歯が生えた〉という翻訳のね、この一行に繋がってくる。非常に怖いですね、〈一度も泣かずに歯が生えた〉というのは。

しかもその怖さを、なぜこれが怖いのかということで、ほかの翻訳家、鷗外含めて桑原武夫や何人かの翻訳を全部並べて見せて、実は山田九朗という人の〈一度も泣かずに歯が生えた〉という翻訳が一番怖いんだと。これは非常に直感的なものですよね。

北村　いろいろ並べてみると。山田さんの訳というのは、原文からすると間違った訳だと思うんだけど、それが怖い、という。この翻訳は読みと同じようなものですよね。

穂村　誤訳に近いものなんだけど、それが一番詩的なパワーがあるっていうことですよね。この吉川さんの歌も結句が字余りでしょう？《夢に棲む女が夢で生みし子を見せに来たりぬ》、ここまでは定型で、最後の《歯がはえたと言いて》っていうのが字余りなんだけど、これが変に怖いんですよ。もちろんわざとやっているんだと思うけど、ここで何か逸脱してしまって、ちゃんと七音で着地してくれれば怖さが減るんだけど、何かものすごいことを言われてしまった感じになる。

藤原　ちょっと文字が多いという、短歌としてのきれいな着地がなされていないから、「え、なんで?」みたいな感じが残るんですよね。

穂村　韻文のパワーって、いわゆる正しさみたいなものからずれたところで成立することがやっぱりあって、そういうことを、書き手の感受性がつきとめているっていうのかな。でも、それは韻文をやる人はみんな直感的に知ってるんだけど、北村さんは直感的に知っていることを、散文的にもう一回、検証されている。山中智恵子さんの誤読を指摘する章などでも、山田さんの誤訳についてと同様ですが、山中智恵子の前では、自分の考える正しい解釈は、その魅力とかインスピレーションの前に吹っ飛んでしまうって書いているんだけれど、〈しかしながら、正しいのはわたしだ〉って、「わたし」に傍点が振ってある。この傍点が狂ってる、って僕は思ったんだけど（笑）、そこがなんか面白くて。

　韻文の魅力は正しさだけにはないっていうことを重々知っていながら、同時に散文的な執念みたいなものも持っていて、そこに、謎を解いていくミステリーのセンスを感じるんです。僕はミステリーをそんなに読み込んでいるわけじゃないけど、自分が好きなミステリーって再読できる。それは散文的な謎が解けても、その奥には命とか存在とか人生とか、そういう根本的な謎があって、それがむしろ強化される。謎が解けたことによって、事件は解消されるが、残った一人一人の人間の命や人生はより混沌として異様な感じになって、世界はなんて恐ろしいんだっていうふうに思えるものこそが、すごくかっこいいって思うんだけど、それは、韻文的な深さと散文的な誠実さの両方がないと成立させることのできないジャンルだって思うんですよね。北村さんも、普段ミステリーを書くときに、そういう書き方をしていると思うのですが、短歌を読むときにも、その両輪をすごく回してるっていう感じがするんです。韻文だからわからなくていいとか、そういう読み方ではなくて、ある種の正しさ、散文的な明快さを突き詰めようとする。でも、それがどこかで破綻すると、声を上げて喜ぶみたいなところがあって。とても楽しそうなんです。それを楽しいって感じる感受性がすごくあるんだな、と。だから、この本はとてもスリリングなんですよ。たとえば、短歌だけが詰まってる本——歌集ってそうなんですが、それを皆さんが読まされると、枡野浩一さんのいうところのカルピスの原液ばっかり飲んでいるみたいな感じで、濃くて飲めない、みたいな——五ページぐらいでもういいって、たぶん思うでしょう。だけど、散文の本を読むときは、売っているカルピスウォーターを飲んでるような感じで、飲みやすいけど、最初から最後まで同じカルピスウォーターで、これはもう出来上がったものだよねって感じがする。でも、この本のこの書き方は、北村さんが目の前に原液をまず出してきて、その原液にちょっとずつ横から水を足していって、混ぜて、また水を足して、「さあ、飲んでください」みたいに、目の前でカルピスを作って飲ませてくれるって感じがするんです。原液でもなくて、カルピスウォーターでもない濃度の、オリジナルカルピス作りみたいな感じ（笑）、イメージとして。その贅沢さがあって、しかも作り手がすごく楽しんでカルピスを作っていて、「この配合が最高なんです」って、「もうちょっと薄いとダメ。ここが最高。さあ飲んで！」みたいに迫ってくる。

短歌っていうのは、誰でも一人では味わい切れないジャンルっていう感じがするんです。こういう名手がその味わいかたを教えてくれる――しかも自分が普通とは違う読みをしたっていうことも堂々と書いてくれているから、そこが、やっぱりすごく面白いんです。

藤原　これは北村薫っていう人の目で短歌を読みこんだもので、単なる現代短歌の鑑賞の本ではないですよね。それは歴然とわかります。穂村さんがおっしゃったことは、まったくそうなんです。そして全部読んでいくと、「うた合わせ」として短歌が二首並んで選び出されているけど、結局はその章の中にほぼ九割九分まで一首目のことしか書いてなくて、最後にちょっとだけもう一首のことが触れられているというような章もある、ただの鑑賞の本ではありえない書き方です。

北村　そうですね。だから、小池光さんの章でも、馬場あき子さんの歌と並べているんですけど、馬場あき子さんの歌については、もう何も言ってない。小池光の短歌のことだけではなくてその人と父親のことを語りたくて、そういう形になりました。まあ、その小池さんの章は自分としては会心の回なんですけどね（笑）。

穂村　とくに好きな歌人って誰なんですか。

北村　この本の中にも書きましたが、短歌っていうのは、バルザックの『人間喜劇』、人間劇みたいな感じで、短歌という国があって、いろんな人がいて、その世界のさまが日常を越えて面白い。だから、歌人って私、なんか、本当にいるのかどうか疑わしいってとこがあって、穂村さんを最初見たとき、「あ、穂村弘って実在するんだ」とかね。

藤原　歌人よりも作品に触発されることのほうが多かったのですね。

北村　そうですね、有名とか無名とかでもなく、歌集を見てると、「なんかこれフィットするな、なんか来るな」っていうふうな（笑）。「私とこの人は合う」というような。だから、「この人があれば、もうほかは要らない」みたいなことはなくて、例えば落語でも、さまざまな落語家がいるから面白いんであって、短歌も、そうだと思います。

穂村　この中には尾崎翠の短歌とかも出てて、僕、存在も知らなかったから、すごくびっくりしたけど、そういうのも新鮮ですね。

北村薫の《謎解き萩原朔太郎短歌》

藤原　私は「十八　詩人の家」も、共感に選びました。小池純代さんと萩原朔太郎の歌の組み合わせです。

北村　穂村さんがその解釈についておっしゃったのを、「使わせていただいていいですか」ってお尋ねして、入れさせていただいた。

藤原　この話は、小池純代さんの歌で、《三匹の子豚に実は夭折の父あり家を雪もて建てき》というのがあって、穂村弘さんがこの歌に関して、《実は》は要らないんじゃないかとおっしゃった。そのことを北村さんが、書いています。

穂村　いや、ちょっと釈明があるんですけど、《実は》は要らないって確かに言ったんですけど、それは《実は》を取って字足らずにしろって意味じゃなくて、何かで音数を補っておさめたらどうかなと。まあ、これは歌人はみんなそういうふうに考えやすいんだけど、この《実は》はすごく散文的に覚醒させる論理の言葉です。だから、ここは普通にたとえば「かつて」とか、という意味でした。ただ、それが最善かどうかわからない。どうですか、藤原さん。

藤原　《実は》はちょっと理屈みたいな感じはしますね。論理的帰結というか、詩の言葉ではない、と。ただ、小池純代さんというのはそういう使い方をしたがるような作者でもある。論理的な、歌にそぐわない言葉でここだけちょっと引っかかるだろうなと思いながら作るような人なので。

北村　私はただもう、ブーフーウーに親父がいて、雪で、そうか、レンガ、木、ワラ……侮れないな、親父、雪で作るのかって（笑）。

穂村　親父が一番詩人だなあ、みたいなね。面白いですよね。

北村　そこにもうビックリしちゃってね、雪で作る親父には勝てないよね。その雪の親父が出てきたら、これは萩原朔太郎だよな、と思って。探したんですが、その短歌がみんなつまんないんですよね。

藤原　ええ、ええ。

北村　なかなか合わせる歌がなかったんです。

穂村　これは初出にまで当たって、しかも謎を解いてますよね。これ一首だけ見るとわからないんだけど……謎解きですね。四首連作で見ると、これが「花」と「百人一首」の組み合わせだっていうことがわかる、と。

北村　それは納得できるでしょう？

穂村　できる。むしろ、え、こんなあっさり書いたらもったいないんじゃないのかっていうぐらいです。北村さんは足の探偵でもあり、アームチェアの探偵でもある……

北村　そう、頭も使うんですよ（笑）。

穂村　使うんです（笑）。それはやっぱりすごいスリリング。だから、ここはもっと手柄っぽく書いてもいいのにって。

藤原　やっぱり覗いてる窓が違うんですよね。歌人からは、こういう読みって出ないと思うんですよ。この「夜汽車」という詩は、岡井隆さんが一番好きな朔太郎の詩だって挙げてます。文章にも書いてますし。朔太郎論の中にもこの一章があります。でも、「朱欒《ザンボア》」まで戻って見直して、こういうふうな推理をめぐらすというところまでは……。だから、逆に言うと、こういうところが、この本の、凄い読みどころです。こんなことはほかの人は書かないだろうと思います。

北村　そのお言葉は、すごくありがたいですね。ほかの人が書かない、書けないだろうって本を書くことが、書く者の務めですからね。

穂村　それに、とにかく楽しそうですよね。小説を書くときより楽しんでいるんじゃないかって思うぐらい、文章にも、その感じがにじみ出ています。ずっと短歌を書いてると、短歌って面白いのかな？——みたいな感じになって、わからなくなってくる。最初の何か月かはすごく面白いって確信していたのに。だから、改めて「あ、短歌ってやっぱり面白いんだ」って、思いました。文体そのものも喜びに満ちています。非常に貴重なカンフル剤となってくれる感じがします。

藤原　この本は普通の短歌の読み方を教える本ではないんです。歌人向けでもない。短歌だけでなく文学全般に興味がある人が、読者として想定されている本だと思います。こういう形で現代短歌を読み解いた本はなかった。こういう形の読みに、現代短歌は直面して来なかったんです。どうしても二十年、三十年と短歌を創っていると、ほとんどの歌人の看板を知っているような気になってしまうので、一切のしがらみがない立場で、作品として読んでいるというところがとても貴重だと思います。たくさんの人に読んで欲しいですね。

二〇一六年二月十日
東京　神楽坂ラカグ soko
にて収録
「読む・詠む短歌トーク」
より

初出

うた合わせ……「小説新潮」二〇一一年九月号～二〇一五年十一月号

歌人と語る「うた合わせ」……二〇一六年二月十日収録

人名索引

さ行

た行

な行

は行

ま行

や行

ら行

わ行

北村薫（きたむら・かおる）
一九四九年埼玉県生まれ。早稲田大学ではミステリ・クラブに所属。母校埼玉県立春日部高校で国語を教えるかたわら、八九年、「覆面作家」として『空飛ぶ馬』でデビュー。九一年『夜の蟬』で日本推理作家協会賞を受賞。小説に『秋の花』『六の宮の姫君』『朝霧』『スキップ』『ターン』『リセット』『盤上の敵』『ニッポン硬貨の謎』（本格ミステリ大賞評論・研究部門受賞）『月の砂漠をさばさばと』『ひとがた流し』『鷺と雪』（直木三十五賞受賞）『語り女たち』『１９５０年のバックトス』『いとま申して 「童話」の人びと』『慶應本科と折口信夫 いとま申して２』『飲めば都』『八月の六日間』『太宰治の辞書』『中野のお父さん』などがある。読書家として知られ、『詩歌の待ち伏せ』『書かずにはいられない 北村薫のエッセイ』『謎物語』『ミステリは万華鏡』『読まずにはいられない 北村薫のエッセイ』など評論やエッセイ、『名短篇、ここにあり』『名短篇、さらにあり』『とっておき名短篇』『名短篇ほりだしもの』『読まずにいられぬ名短篇』『教えたくなる名短篇』（宮部みゆきさんとともに選）などのアンソロジー、新潮選書『北村薫の創作表現講義』、新潮新書『自分だけの一冊 北村薫のアンソロジー教室』など創作や編集についての著書もある。

うた合《あ》わせ

北村薫《きたむらかおる》の百人一首《ひゃくにんいっしゅ》

二〇一六年　四　月二〇日　発　行

著　者……北村《きたむら》　薫《かおる》
発行者……佐藤隆信
発行所……株式会社新潮社
東京都新宿区矢来町七一
郵便番号一六二-八七一一
電話　編集部〇三-三二六六-五四一一
読者係〇三-三二六六-五一一一
http://www.shinchosha.co.jp
印刷所……大日本印刷株式会社
製本所……加藤製本株式会社

乱丁・落丁本は、ご面倒ですが小社読者係宛お送り下さい。
送料小社負担にてお取替えいたします。
価格はカバーに表示してあります。

ISBN978-4-10-406611-7 C0092